Triggerwarnung:
Dieses Buch enthält eine Beschreibung psychischer Gewalt, ausgehend von einer narzisstischen Mutter.

Lektorat: Barbara Lösel
Umschlag und Satz: Jürgen Schütz
Umschlagbild: *La Methode, Paris* © Christer Strömholm/Strömholm Estate
Druck und Bindung: Prime Rate Kft.
Printed in the EU

ISBN: 978-3-99120-010-9
www.septime-verlag.at
www.facebook.com/septimeverlag | www.twitter.com/septimeverlag

Salih Jamal

Blinder Spiegel

Roman

C'est elle.

C'est l'histoire d'Elle.

Pour Elle. Je pense à elle.

1

Grüne Augen sind die seltensten der Welt, und man sagt, dass sie auch die schönsten sind. In ihren schimmerte hinter dem Grün ein leuchtendes Rotgold, und um das Schwarz der Pupillen stand ein brennender Kreis, der wenn sie mich lange und tief anblickte, flimmernd zitterte. Dann war es mir so, als stünde ich allein am Rande der Welt.

Mein Name ist Lui, und das ist die Geschichte von Elle und mir. Ich sitze vor weißem Papier. Nichts will ich verschweigen. Nichts soll in den Nebelschleiern der Zeit verschwinden.

Ich sah sie das erste Mal an einem der letzten Tage im April bei der Metro Rambuteau an der Rue Beaubourg, und ohne zu wissen, wer sie war, schien es mir für einen Augenblick, als würde ich sie erkennen. Sie ging in eine Bar, in der sich die Menschen kurz vor der Arbeit einen Kaffee und ein schnelles Croissant holen, bevor sie in ihren Tagen verschwinden. Eine Frau in einem gelben, knielangen Mantel, hochgesteckten Haaren und roten Stiefeln. Keine Handtasche. Sie kam mir entgegen, schritt über das Trottoir in Richtung des kleinen Cafés, und mein Blick band sich an sie, an ihren Gang. Bis ich sie hinter der weinroten Tür mit den Scheiben aus milchigem Glas wieder verlor, und ich fühlte einen ersten heiligen Schmerz, der Preis jedes Glücks?

Ich erinnere mich, wie ich aus dem Fenster auf das kleine Lokal, das gegenüber meiner Wohnung liegt, blicke. Ich schaue aus dem vierten Stock hinunter, als suchte ich sie. Es ist noch sehr früh. Ich hatte wie immer keinen langen Schlaf gefunden. Nur kurz fielen mir die Augen zu, und nach traumloser Zeit wachte ich wieder auf. Ich mag die Lautlosigkeit der Zwitterstunden am Ende der Nacht. Mit dumpfem Geschmack im Mund beobachte ich das Draußen. Das sich hebende Licht des neuen Morgens, der wie eine schlafende Schöne noch gleichmäßig atmet. Nicht mehr lange, und die Stadt würde vom Lärm und der Rastlosigkeit der Straße ruppig und rüde geweckt werden.

Meine Wohnung in dem Haus gegenüber der Bar mit der roten Tür ist eigentlich eine Kammer. Ich habe sie von einem jungen Kollegen übernommen, als dieser zu einer neuen Stelle in eine andere

Stadt wechselte. Es gibt nur dieses eine Zimmer. Eine hölzerne Treppe nach oben. Der Raum mit schäbigen Tapeten. Ein Tisch zum Schreiben und eine alte Hollywoodschaukel aus einem rostigen Gestell. Ich wollte irgendwann etwas Richtiges finden. Was Besseres. Eine Wohnung mit einem separaten Schlafzimmer. Gerne mit Balkon oder sogar einer Terrasse. Vielleicht zur Nordseite ausgerichtet, damit die Sonne am Mittag nicht so brennt. Am liebsten schön »lauschig« oder »verwunschen«, so wie es unterhalb der Hochglanzbilder in den Wohn- und Gartenzeitschriften beschrieben wird. Illustriertes Papier für die, die nichts Besseres wissen, als mit ihren Mini Coopern oder in ihren Vuittontaschen Kleinigkeiten oder auf antik gemachten Sperrmüll zu überteuerten Preisen in ihre Altbauwohnungen zu bringen, um dann dort das ganze Zeug neben ihren glänzenden Espressomaschinen wie erlesenes Hochwertiges aussehen zu lassen. Drüben im Marais oder in Belleville wimmelt es nur so von diesen unbezahlbaren Wohnträumen mit hohen Decken und Stuck aus überspachtelten Styroporattrappen. Bald wird in den Häusern mit den hohen Fenstern, den schönen Fassaden und den sauber abgezogenen Holzdielenböden auch die letzte Kammer aufs Feinste renoviert sein. In

Straßen mit Baumbestand und alten Gaslaternen, die von einem Anwohnerverein gegen die Stadt verteidigt werden. Überall gibt es Kindergärten mit sonderlichen und niedlichen Namen, und in jeder Straße finden sich kleine Cafés mit fair gehandeltem Zeug sowie Geschäfte mit ebensolchen »verwunschenen« oder auch »lauschigen« Accessoires-Kram. Kürmel zu Höchstpreisen. Was heißt schon lauschig oder verwunschen? Ich misstraue allen Adjektiven. Grundsätzlich. Dennoch war ich froh darüber, nicht wie so oft in einem billigen Plastikhotel außerhalb an einer Schnellstraße leben zu müssen.

Meine Gedanken schweben weiter und ich sehe mich, wie ich mit einem ersten Kaffee in der Hand das Fenster öffne, um ein wenig von dem Wind abzubekommen, der über die aufziehende Morgenröte des sanft glasierten Himmels weht. Ich sehe die fasrigen und federartigen Sommerwolken und fühle die Brisen in den Schluchten der Häuser, die um die Ecken bis durch mein Zimmer wirbeln. Ich höre das Gezwitscher der Vögel, die keine Schwere kennen, frei und ohne Mühe in der Luft gleiten und alles, was unter ihnen ist, überwinden. Jetzt ist es noch kühl, doch bald wird es wieder so heiß werden, dass dünne und verbrauchte Luft die Menschen nach unten drückt. Nach der Hitze kommen die Gewitter, und draußen ist nur noch eine dunkle, graue und neblige Masse. Ohne oben und ohne unten. Ohne nah und ohne fern.

Die Gehsteige sind noch leer, und über die Treppe der U-Bahnstation tröpfeln nur zaghaft die Menschen auf die Fußwege. Die Wagen der Stadtreinigung spritzen die Straßen, verschwommenes Öl spiegelt sich in den Fenstern der Häuser. Müllmänner wuchten die vollen Tonnen gleichgültig an die eisernen Presslufthaken des riesigen Schlunds hinten an dem grünen Laster, der ächzend pfeift, wenn die gestaute Luft der Hydraulik wieder freigegeben wird, während das stinkende, schwarze Maul den Unrat fortwährend kaut und schluckt. Die Müllmänner da draußen stellen sich dem Kampf. Jederzeit bereit, dem Leben zu trotzen. Wenn es dich packt und an die Wand wirft, dir deinen Mund zudrückt, bis du nicht mehr atmen kannst, und dir dann mit Gewalt unter den Rock fasst und sich nimmt, was es verlangt.

Zurück in der Realität gibt es keinen Kaffee und um mich herum ist überall das gleiche nackte Grau. An den Wänden, den Decken, der Mauer und sogar in den Gesichtern. Sie haben mir zwei Stifte und etwas weißes Papier gebracht. Ich denke an sie. Ich schreibe unsere Geschichte auf. Weil ich nichts anderes machen kann. Ich schreibe gegen die Stille und die Verzweiflung an.

Wir tranken Wein am Nachmittag, kochten Spaghetti mit roter Soße, bis wir gleichzeitig hungrig und satt waren. Alles, was hinter uns lag, war in einem unbemerkten Moment zurück auf Null gestellt. Es gab keine Zeit mehr davor. Wir nahmen dem Immer die Last und besaßen fortan das Jetzt. Das war alles, was wir hatten, und das Alles, das waren wir. Nur wenige Wochen im Sommer. Wir naschten an uns und von der Welt.

Hier an meinem Tisch, vor den leeren Seiten, fange ich an zu verstehen, dass es nicht das war, was uns für eine Zeitlang aneinander band. Es war die Traurigkeit. Jetzt, nachdem es vorbei ist, weiß ich aber auch, dass sie es gewesen ist, die uns voneinander getrennt hat. Weil wir unser Vorleben aus früheren Zeiten nicht in unser kurzes Hier und Jetzt hineinlassen konnten. Es gelang uns nicht. Alle Gegenwart ohne die Gewichte der Vergangenheit ist so leicht und betörend wie ein Gas. Und doch ist sie ohne das Gestern zerbrechlich wie Glas.

Heute hat die Zeit wieder ein Damals, und das Danach und das Immer sind nicht mehr jetzt, und das Jetzt, das ist nicht mehr alles. Ich sehe sie in meinen Träumen. Und wer weiß schon, wohin man geht, wenn man gegangen ist.

Ich habe wieder Angst vor der Schwere der Zeit, meiner beklemmenden existenziellen Verlassenheit, die hier, wo ich jetzt bin, ins Unermessliche ausufert. Ich muss mich beeilen, alles schnell aufschreiben, bevor sie zu einer blassen Erinnerung wird, die immer weiter zuziehen will, so wie das Unendliche des Himmels an neblig grauen Tagen. Ohne Horizont, der Linie, die Äther und Erde trennt.

Damals, an unserem ersten Tag, folgte ich ihr in diese Bar. Ich bin nicht der, der auf Frauen zugeht. Aber etwas rief mich, und ich nahm nicht wie sonst die Treppen der Metro. Vor den Stufen stand eine Pfadfindergruppe. Sechs oder acht Kinder mit farbigen Halstüchern, im Alter von vielleicht zwölf. Ich würde zu spät zur Arbeit kommen. Wenn ich Frühschicht hatte, nahm ich immer den Zug um zwanzig vor sieben, um pünktlich im Turm, draußen am Flughafen, zu sein. Ich bin Fluglotse und verbringe meine Stunden vor schwarzen Bildschirmen mit grünen Punkten. Jeder von ihnen einer mit hundertsechzig Träumen. Manche mit schwerem, andere mit leichtem Gepäck. Den Kaffee trinke ich zu Hause, ich esse nichts, weil ich es mag, hungrig in den Tag zu starten. Es schärft die Sinne. Denn die brauche ich, wenn ich rausgehe. Seit drei Jahren lebe ich in dieser Stadt und ich verlaufe mich noch heute, nehme die falsche Bahn und verliere mich zwischen Häuserschluchten und in Metroschächten. Ich bin ein lausiger Fluglotse, der es nicht schafft, sich im Verkehr zurechtzufinden. Meine Tour zur Arbeit kannte ich jedoch. Jetzt fahre ich nicht mehr dahin. Doch damals, als ich sie sah, würde es eine spätere Bahn sein müssen, weil mich ein Impuls in ihre Richtung lenkte und ich auch die Milchglastüre des Cafés nahm.

Also verpasste ich an jenem Tag meine Linie um zwanzig vor sieben und öffnete die rote Tür des Lokals, in das sie zuvor gegangen war. Es war voll. Der Wirrwarr aus Stimmen mischte sich mit dem Dampf und dem fortwährenden Fauchen und Zischen der mächtigen, chromblitzenden Espressomaschinen zu einer dumpfen Decke aus Klang und Geruch. Geschirr klimperte über die Theke hinweg und die Bedienungen schlugen das nasse, gepresste Kaffeepulver aus den Siebträgern über die Kanten der Mülleimer. Alles befand sich in absurdem Gegensatz zu den Menschen an der Bar, die eine eigene morgendliche Ruhe ausstrahlten, dort tranken und in den frischen Zeitungen lasen oder auf ein kurzes Wort miteinander über ihr Gestern, das Heute oder ein Morgen redeten. Die Pariser Bars in der Frühe sind eine der wenigen Orte, wo die Grenzen nicht zwischen oben und unten verlaufen, sondern nur und ausschließlich vor und hinter dem Tresen. Nicht wie in Londoner Pubs, in denen Banker bei Banker stehen. Ich habe London gehasst, als ich zwei Jahre in Heathrow gearbeitet habe, bis ich auch da meine Zelte abgebrochen habe. Nirgends bin ich irgendwo länger gewesen. Ich habe versucht, mich auf etwas einzulassen. Auf etwas, das mir Zugeständnisse abverlangte. Doch bei einem Kompromiss bekommt man das, was man nicht haben will, und man gibt von dem, was man nicht teilen kann. Also bewegt man sich immer in der Mitte einer Vereinbarung. Einer sich drehenden Scheibe, auf der man schwankend sein Gleichgewicht sucht, bis man an den Rand gedrängt abfällt. Dann blickte ich zurück auf meine seelenlosen und angebundenen Tage, wechselte die Städte, war wieder frei. Ich bin in Marseille, Frankfurt, London gewesen, und jetzt arbeite ich in Orly. Ich bin ein Nomade, unfähig zur Sesshaftigkeit. Zu schnell werde ich satt, und ich leide gleichzeitig an furchtbarem Hunger. Ich ducke mich weg. Immer. Ich meide Konzession und

Konflikt und verschwinde. Weil ich keinen anderen Weg als den des Fortgehens für mich sehen kann. Dafür nehme ich all das scheußliche Alleinsein auf mich. Denn die größtmögliche Freiheit führt unausweichlich in die enge Zelle der Einsamkeit. Es scheint, als müsse fortwährend etwas in mir zerrinnen, als würde ich einfach so durch mich selbst rieseln. Dann drehe ich das Stundenglas wieder um. Zurück auf Start und die erste Stunde. Prall gefüllt für eine neue Fahrt. An neue Orte zu neuem Leben. Ich finde sowieso nirgends Halt, weil ich mir selbst abhandenkomme und mich in meiner Rastlosigkeit und eben auch im richtigen Leben andauernd verlaufe. Meine Träume fangen an weißen Stränden an und sie enden in dunkler Gegend. Meist auf fürchterlicher Flucht. Längst habe ich aufgehört, ein Zuhause zu suchen, auch wenn es mich manchmal, meist wenn ich betrunken bin, dahin drängt. In der Fremde ist wieder alles möglich und Flughäfen gibt es überall. Ich mag die Lust, die ich dabei empfinde, und vor allem will ich das, was eine unbekannte Stadt mit mir macht. Auch wenn es sich verrückt anhört. Sie bremst meine Ruhelosigkeit, in der ich mich so fühle wie die Welt selbst, die sich fortwährend drehen muss, damit sie zwischen den beiden Polen nicht entgleist.

Ich war schon wieder so weit. Drei Jahre reichen aus. Scheiß auf Hemingway. Paris, ein Fest fürs Leben. So ein Quatsch. Meine Tage waren still. Aber er hatte recht, als er sagte, dass an den wichtigsten Scheidewegen unseres Lebens keine Wegweiser stehen. In meiner Verlorenheit, die mich immerzu fängt und manchmal auch frisst, spürte ich damals, als ich sie in ihrem gelben Mantel sah, wie mich der Atem der Lust rief. Ich hatte Lust. Lust, die mich mutig machte. Ich wollte etwas entdecken. Eine neue Stadt. Ein Leben. Eine Frau. Etwas zu finden, ist wie an den schönsten Küsten fremder Länder zu landen, sie zu erfassen, zu erforschen, zu entdecken und jedes Mal aufs Neue zu erschmecken.

Ja, der Hunger überkam mich. Lust ist ein Gebiet außerhalb von Grenzen und Orientierung, in dem du dich jeden Moment in der Erwartung bewegst, einen vergrabenen Schatz zu finden oder von einem wilden Tier gefressen zu werden. Es ist immer diese Magie. Der kaum beschreibbare, wahnsinnig machende Zauber der Lust. Lust strebt zu den freiesten und leichtesten Momenten. Niemand, der sie nicht sucht. Das mag sich nach niederem Trieb anhören, aber es ist viel mehr als das. Lust ist das, was uns am Leben hält. Lust auf Essen, Schlaf, Zerstreuung, Liebe und Erleichterung. Denn Lust ist immer wieder neu und mit jedem Mal anders. Sie kennt keine Gewohnheit, und doch sucht sie die Wiederholung. Sie ist die Essenz des Wollens. Jeder hat eine andere, seine ganz eigene. Sie beobachtet, kundschaftet aus, erspäht und sie jagt. Lust ist wie der Mensch selbst. Tierisch. Ja, ich trat durch die Tür und hörte das süße Klingeln des Glöckchens der Lust.

Im Lokal schaute ich mich um, konnte sie aber nicht sehen. Die Spiegel hinter der Bar und an den gegenüberliegenden Wänden warfen die Bilder hin und her, sodass es mir schwerfiel, mich zurechtzufinden. Vielleicht war sie hinter mir im Gedränge wieder hinausgegangen? Ich fühlte inmitten der Menge eine absurde Leere, zwang mich an Rücken, Ellbogen, Schultern, Stimmen, Zeitungsgeraschel und dem Duft von Rasierwasser und frischem Parfum vorbei und suchte die Toiletten. Plötzlich wusste ich nicht mehr, was ich hier wollte. Einer mir fremden Frau nachgehen? Einem unbestimmten Gefühl? Einer Lust? Es schien mir mit einem Mal sinnlos und kindisch. Meine kleine Euphorie war erloschen, noch bevor sie sich richtig entfachen konnte.

Ich spürte die Lust und fragte mich, ob das, was uns ruft, auch das ist, was wir suchen. Aber haben wir eine Wahl, wenn wir uns nicht ergeben möchten? Auch wenn wir nach Seifenblasen greifen, im

Zwang Windmühlen nachjagen, uns im Kreis drehen oder auf ewig das Kap der guten Hoffnung umsegeln müssen.

Neben der Theke, weiter hinten im Raum, entdeckte ich einen unbeleuchteten Gang mit einer schmalen Treppe nach unten. Ich tastete mich am Geländer hinab, bis sich meine Augen an die Dunkelheit gewöhnt hatten. Jemand kam mir entgegen. Wir drückten uns auf den Stufen aneinander vorbei. Sie war es. Für einen Moment schien es mir, als würden wir kurz verweilen. Aneinandergepresst. Ich fühlte das Weiche an ihr, ich roch sie im Halblicht und spürte ihren Atem in meinem Gesicht. Ein gleichzeitiges, sich widersprechendes Gefühl aus Traum und Substanz. Ohne Orientierung.

Als jeder von uns schon einige Treppenstufen weitergegangen war, drehte sie sich um. Ich sah die Linie, die ihre Gestalt im Schatten des Gegenlichts umriss, und hörte mich sagen: »Sehe ich dich wieder?«

Ich weiß nicht, ob ich es tatsächlich aussprach oder ob ich es nur dachte. Ich weiß auch nicht, ob die Silhouette oben auf den Stufen antwortete oder ob ich mir das einbildete.

»Du findest mich.« Oder: »Du hast mich gefunden.« Vielleicht hörte ich: »Finde mich.«

Dann war sie weg und ich ertastete unten im Dunkeln den Weg zu den Örtlichkeiten. Nichts war eindeutig. Nur eine Lampe flackerte hinter einer Tür, und erst als ich draußen auf der Straße ankam, sah ich im Morgenlicht wieder klarer.

Die Metro war fort und ich überlegte, wieder nach oben in meine Wohnung gegenüber zu gehen, um mich krank zu melden. Für eine Weile stand ich auf der Straße und versuchte, etwas Ordnung in mich zu bringen. Hatte sie mit mir gesprochen? Hatte ich etwas gesagt? Je länger ich darüber nachdachte, desto mehr löste sich das ohnehin wenig Klare wieder auf, als würde ich in das Spiegelbild eines Sees greifen, um es herauszuholen.

Ich wurde aus meinen Gedanken gerissen, als Notfallfahrzeuge mit Sirenen vor der Metrostation stoppten und Sanitäter mit gelben Warnwesten und roten Koffern an mir vorbei nach unten stürzten. Ich trat zur Seite und nur wenige Augenblicke später trafen weitere Rettungskräfte und Polizeiwagen ein. Einige Menschen aus dem Lokal drangen nach draußen, um ihre Neugier zu befrieden. Ich wollte einen Passanten fragen, was vorgefallen sei, doch mit einem Mal erblickte ich den gelben Mantel. Sie erschien auf den Treppen der Metro aus dem Dunkeln im Licht. Umgekehrt wie zuvor auf den Stufen im Keller der Bar, als sie im Hellen verschwand. Sie kam direkt auf mich zu und fragte nach einer Zigarette. Dabei schaute sie mich von unten an und unsere Blicke verhakten sich ineinander. Sie war klein, vielleicht ein wenig größer als eins sechzig. Ich bemerkte ihre langen schwarzen Wimpern und sah zum ersten Mal das flimmernde Zittern im Grün ihrer Augen. Aus meiner Jacke kramte ich eine Packung Gitanes und reichte sie ihr. Während sie hastig an ihrer Zigarette sog, berichtete sie mir, dass unten an den Gleisen ein Kind verunglückt sei. Sie schilderte es mit einem irrationalen Abstand. Fast journalistisch. In kurzen Sätzen. Ihre Stimme war schmal, leicht kehlig und zartklebrig. Ihr Blick verlor sich fern hinter dem Rauch, den sie ausblies.

Es war einer von den Pfadfinderjungen. Sie erzählte von dem lauten, metallischen Quietschen der Bremsen und von den Schreien und der Stille in dem gefrorenem Moment danach. Dann trat sie den noch glimmenden Rest meiner Zigarette mit ihren roten Stiefeln hektisch aus und wir gingen zurück in die Bar, um zur Beruhigung etwas zu bestellen. Ich nahm einen großen Cognac und sie Pastis, den sie fast ohne Wasser trank.

Die Situation war schlimm, es gab etwas, das in uns hineingekrochen war. Vielleicht etwas Uraltes und Böses, das von dem verunglückten Kind aus den dunklen Schächten des Untergrunds zu uns hinübergesprungen war? Heute weiß ich nicht mehr, was und wie. Wir gingen auf die andere Seite zu mir. Wir zogen uns aus und schliefen miteinander. Wir taten uns schwer, sprachen nicht viel, und es fühlte sich an, als wären wir zwei nasse Stücke aus Holz, denen kein Feuer gelang. Ich lag schweigend im Bett, während sie ihre Strümpfe anzog. Wir waren uns in der Nähe so fern. Als sie ging und ich sie fragte, ob ich sie wiedersehen würde, kam sie zurück, nahm mein Gesicht in ihre Hände, küsste mich und sagte leise: »Du hast mich gefunden. Ich danke dir.« Es schien mir, sie würde weinen. Ob ich wirklich Tränen sah, weiß ich nicht mehr. Vielleicht waren ihre Augen nur ein wenig feucht. Ich kann mich nicht mehr erinnern. Ich gäbe viel für diese Gewissheit. Heute weiß ich, dass der, der mit Gewissheit beginnen will, in Zweifel versinkt, und doch ist es die Gewissheit, nach der all die tiefen Gefühle drängen.

Nachdem sie fort war, machte ich mich bald auf zum Marché Beauvau. Zola hat ihn »Bauch von Paris« genannt. Es war noch früh und jetzt hatte ich doch Hunger. Die Gedanken an das verunglückte Kind und an sie in meiner schäbigen Wohnung verdrängte ich so gut es ging.

Ich meldete mich für den Rest der Woche krank. Den Weg zum Markt kannte ich. Eine halbe Stunde zu Fuß. Nur die Rue Rambuteau immer geradeaus runter und hinter dem Place des Vosges die dritte rechts. Da wo die Bäume stehen, die feiner onduliert sind als so mancher Kopfschmuck der extravaganten Models auf den in Paris reichlich vorhandenen Laufstegen. Dann weiter bis zur Bastille. Ab da wird es kniffelig für meinen Orientierungssinn, aber ich war schon zu oft da. Wer unterwegs zum Mahle ist, der kann nicht irren. Oder, wie ich, sich verlaufen.

Ich mochte diesen Markt und das Gewimmel. Das Bunte der Auslagen mit den unzähligen Obstsorten, die in allen Tönen von Grün, Gelb, Rot, Violett oder Blau saftig und prall daliegen. Das konnte einem das ganze Hirn einfärben. In der alten, kleinen Markthalle wollte ich meiner Nase folgen. Mich wie ein Hund durchschnuppern, mit feuchten Lefzen, hechelnd von hier nach dort laufen, mich durchfressen. Ein oder zwei kleine Pasteten, etwas gegrillten oder gebratenen Fisch, Wein und danach

Käse. Vielleicht würde ich an den Ständen bei den Trödlern eine Kleinigkeit zur Zerstreuung finden. Einen Aschenbecher, ein Zigarettenetui oder einen Hut. Und dann ginge ich satt und leicht betrunken zurück, um für ein- oder zwei Stunden zu schlafen und sie in meinem Bettzeug zu riechen. Vielleicht hatte sie ihr Höschen dagelassen und ich würde es in einer Ritze wie zufällig finden. Warum hätte sie das machen sollen? Vielleicht dachte sie sogar, dass ich der schlechteste Liebhaber von Paris sei. Aber weshalb hatte sie bei unserem Abschied geweint? Oder bildete ich mir das alles nur ein?

Dennoch: Es galt als unausgesprochen abgemacht, dass wir uns morgen in dem Café wiedersehen würden. Oder? Hoffen ist Sehnen voller Zweifel.

Ihr Name war Elle. Vielmehr wusste ich nicht. Außer dass sie leise sprach und ihre weiße Haut mit kleinen Muttermalen gesprenkelt war. Hatte sie mehr von mir erwartet? Hätte ich sie vielleicht anders nehmen sollen? Aber es gab keine Anzeichen oder Signale, die sie sendete. Fester oder behutsamer. Sie lag einfach da und wir mühten uns ab. Ich glaube noch nicht einmal, dass sie gekommen ist, obwohl ich meinte, ihr verschlucktes Zucken gefühlt zu haben. Ich war wütend auf sie. Wütend auf mich. Selten lief es so schlecht. Ganz kurz kam sogar der Wunsch auf, aufzuhören, sie zu fragen, was los sei, damit sie aus ihrer Trance aufwachen würde und wir uns vielleicht etwas enthemmten. Wenigstens für ihren eigenen Spaß, für den sie sich doch ausgezogen hatte. Doch dieser Reflex verschwand genauso schnell, wie er plötzlich gekommen war, und irgendwie brachten wir es zu Ende. Dabei wäre ich auch gerne sie nur betrachtend neben ihr gelegen, um zu sehen, wie sich ihr Gesicht im Schein des Lichts veränderte. Sie war so schön. Trotz allem wollte ich sie wiedersehen. Ich ahnte ihre Hitze und spürte das Pochen, und es schien mir, als sei hinter ihrer kalten und weißen Haut ein Hochofen, der innerlich brennend auf einen Abstich und auf das Auslaufen des flüssigen, glühenden Eisens wartete.

In der Markthalle gönnte ich mir gebratenes Hühnchen mit Reis. Ich hatte doch keinen Hunger und ließ mehr als den halben Teller unberührt zurück. Den Nachtisch verkniff ich mir zugunsten eines Glases schweren Rotweins. Bei den Trödlern erwarb ich ein nicht ganz blindes Opernglas aus Messing. Während ich auf dem Rückweg die Straßen entlangschlenderte und durch mein kleines, neues Fernglas in die Fenster der Häuser lugte, wanderte

Elle durch meine Gedanken. Ich machte noch einen Stopp in einem Café. Bei einem weiteren Wein schaute ich den Passanten zu, die genau wie ich selbst zu schlendern schienen. Wir passen gut zueinander, das dritte Arrondissement und ich. Etwas nördlich vom überlaufenden Marais, wo die Mengen wie in gleichförmigen, nicht enden wollenden Lavaströmen durch die verwinkelten Gassen fließen. Wie Untote auf der Suche nach dem saftigsten Stück Kultur, um es in süßem Ketchup ertränkt gierig zu vertilgen. Hier, nur wenige Schritte entfernt, wo die kleinen Läden noch Schatzkammern hinter abgeblätterten Fassaden sind, scheint die Zeit unaufgeregt und ein wenig langsamer zu gleiten. Diese fehlenden Sekunden inmitten von Hektik und Hatz sind mir ein wertvoller Besitz.

2

Tatsächlich sah ich sie am nächsten Morgen vor dem Café. Sie trug ein elegantes, weißes, eng anliegendes Kleid mit einer leichten, teuer aussehenden, ebenfalls weißen Strickjacke darüber und ein schwarzes Halsband, das von einem kleinen silbernen Ring vorne zusammengehalten wurde. Alles passend zu ihren Schuhen und der dunklen Brille. In der Bar, die so voll und von den gleichen Gästen wie am Tag zuvor besucht war, begrüßte sie mich mit einem Handschlag. Dabei küsste sie mich auf die typisch französische Art mit drei Luftküssen auf die Wangen, was mich ratlos machte. Wir bestellten Kaffee und fanden einen kleinen Tisch gleich hinter dem Fenster zur Straße. Wir versuchten ein Gespräch. Über Paris im Sommer, das scheußliche Pompidou, das nur eine Straße weiter gelegen war, und darüber, wie viel schöner die aktuelle Klimt-Ausstellung mit den Videoinstallation im gerade neu eröffneten L'Atelier des Lumières sein soll. Sie meinte, Klimts nuancierte Ausdrucksformen zwischen Liebe und

Tod, das in Melancholie und Erotik getauchte Gold berühre sie tief. Ohne dass ich je über die Bilder so nachgedacht hatte, verstand ich, was sie meinte, und ich überlegte, wie Klimt das gemacht hat. Man kennt den Schmerz von Proust, Beethoven und van Gogh. Doch was war das Dunkle bei Klimt? Ich hatte keine Ahnung. Sie wusste es wohl. Ich kann es schwer sagen, aber ich glaube, dass ich mich genau in diesem Moment in sie verliebte.

Da wir beide Zeit hatten und füreinander frei waren, beschlossen wir einen spontanen Besuch der Klimt-Ausstellung. Ich verschwieg ihr meine Unfähigkeit, mit der U-Bahn zu fahren, und ließ mich von ihr zu den richtigen Bahnsteigen leiten.

An dem Gleis, wo gestern Furchtbares passiert war, lagen ganz am Rande ein paar Blumen. Kümmerlich verstreut. Vom Wind aus dem Tunnel verweht und bald wohl fortgetreten. Wir sprachen nicht weiter darüber und ich vermied das Thema. Auch wenn sie nichts gesehen hatte, war sie ja unmittelbar dabei gewesen, als der Junge fiel. Die Plötzlichkeit der Dinge hatte ihn erwischt. Der Tod liebt den überraschenden Moment und macht ihn sich allzu gerne zunutze.

Im Dunkeln des Ateliers saßen wir schließlich auf einer Kante der raumhohen Stahlträger und unsere Hände fanden und hielten sich. Wir reckten die Köpfe, waren ergriffen von der Schönheit der Bilder. Wie sich Judith, die Wasserschlangen oder Danae auf riesigen Wänden bewegten, leuchteten, verschmolzen und über Landschaften aus Jugendstil ikonisch und glänzend emporstiegen, beeindruckte mich tief. Für mich war es – ja, ich möchte es so nennen – ein Ereignis. Vergleichbar mit einer Reise auf LSD. Serotonin ergießt sich in dir und alles wird zu einem Fluidum aus Farbe und Form. Der Raum scheint sich zu verändern und die tatsächlich verzerrten und zerfließenden Bilder werden zu fluoreszierenden Mustern, die sich in ihrer vollständigsten Pracht entfalten und an den Blick durch ein Kaleidoskop erinnern. Ein einziger unfassbar synästhetischer Ritt durch alles Außen und Innen, in deren Mitte du durch die Gewalt der Bilder immerfort hineingeworfen wirst, mit ihnen assimilierst.

Manchmal, wenn sich ein neues Gemälde über Schwarz auflöste, gezoomt wurde oder einschwebte, drückte Elle meine Hand. Sie war warm und weich, und es fühlte sich gut an. Nicht mehr so kühl wie am Tag zuvor auf meinem Zimmer. Nachdem die Videoshow vorüber war, gingen wir uns immer noch an den Händen haltend hinaus und ich kaufte uns Eis. Wir schlenderten die Straße entlang, redeten nicht und standen wie von selbst vor den nicht weit entfernten Mauern des Père Lachaise.

Als ich neu in Paris war, war ich schon einmal dort. Ich gehe immer gerne auf die Friedhöfe einer Stadt mit ihren Grabmalen, Monumenten, Mausoleen und Gruften. Ich stelle mir die Geschichten der Menschen vor. Die dort liegen, und auch die Geschichten derer, die dort hingehen. Hier ist alles irgendwie dazwischen. Nicht Stadt und nicht Wald. Man ist nicht ganz in einer fremden Welt, aber schon in einer anderen. Ein Platz der Einkehr und des Reisens. Ein Friedhof ist der Ort, an dem sich Tod und Schönheit umarmen.

Damals wollte ich den Grabstein von Oscar Wilde, der mit Abdrücken von Küssen übersät ist, besuchen. Alles voll mit Lippenstift. Das würde mir auch gefallen. Aber ihm sei es dreimal vergönnt. Mittlerweile ist eine Scheibe davor. Auch das Grab von Jim Morrison wird von einem Bauzaun versperrt, dort sitzen keine kiffenden, jugendlichen Hippies mehr, sondern Amerikaner mit großen Kugelbäuchen in Karohemden und kurzen Khakihosen erzählen ihren Reisegruppen ihre einstmals wilden Momente.

Als ich seinerzeit auf dem Friedhof war, wollte ich sie alle besuchen – Balzac, Bizet, die Callas, Chabrol, Modigliani. Nur Oscar Wilde habe ich gefunden. Ansonsten verirrte ich mich heillos auf den Wegen und zwischen den Steinen. Es hatte Stunden gedauert, bis ich endlich am Ausgang angelangt war. Ich fürchtete mich vor dem Friedhof. Manchmal frage ich mich, ob mein ganzes Leben ein Labyrinth ist, und damals schien es, als würde ich gerade ein neues mit der schüchternen, schweigsamen, schönen Elle an der Hand betreten.

Ohne Ziel spazierten wir die Wege entlang. Wir sprachen über die Inschriften, die Namen und die Daten auf den Steinen, und so erfuhr ich, dass Elle siebenundzwanzig und genau wie ich in der ersten Woche des unentschlossenen Aprils geboren war.

Wir schlenderten weiter und redeten über den Tod. Sie fragte mich, ob er mir nahe sei. Ich verstand nicht ganz, und ich dachte kurz an das Pfadfinderkind. Meinen eigenen Tod hatte ich bereits als Kind kennengelernt. Seitdem fürchte ich ihn nicht mehr. Als ich ihm begegnete, war ich fast neun Jahre alt. An einem Tag im November brach ich durch das Eis. Ich erinnere mich noch an das Wasser des Sees. Wie die Kälte mich griff und sich meine Sachen vollsogen und ich gleichzeitig schwerer und schwerer hinabsank. Wie sich das Blau in Tiefe um Tiefe zu Schwarz färbte, und das Licht über mir immer kleiner und kleiner wurde. Wie ich die Augen schloss und hinter den Lidern dem Tanz meiner letzten Farben folgte. Alle Konturen verschwanden. Dann senkte sich eine dichte Wolke auf die Gassen meiner Seele. Ich glitt in den sumpfigen Grund und fühlte ein weiteres Tief, das mich umschloss. Ich atmete aus. Aus, aus und aus, war in der Weichheit des Bodens in Sicherheit und entkommen. In aller Verborgenheit geborgen. Plötzlich durchstach es mich, ich spürte den Schlag in meinen Eingeweiden. Etwas in meinem Kopf durchbrach eine Schallmauer und ich hustete diesen angestauten und eisigen Klumpen aus Furcht, Pflicht und Kontrolle aus mir hinaus und schnappte gleichzeitig nach Luft. Luft, die mich am Leben ließ. Ich sog alles in mich hinein und mit den Atemzügen kroch glühendes, geschmolzenes Gold durch meinen Körper. Mein Herz raste. Der Schmerz war weg. Nur eine seltsame und fremde Traurigkeit ist seitdem für immer geblieben. Man hatte mich herausgezogen und wiederbelebt.

Ich erzählte Elle nichts davon. Ich schwieg, weil der Tod sowieso nie antwortet, und wir spazierten weiter an den Gräbern vorbei. Stattdessen zitierte ich Heine, der auch in Paris, auf einem anderen Friedhof, seine letzte Ruhestätte gefunden hat.

»Es ist nicht der Tod, der trennt. Das Leben ist's, das uns gewaltsam trennt.«

Elle blieb kurz stehen und schaute mich an. Sie sagte, dass es das sei, was sie meinte. Weil die Liebe eine Lüge sein kann und nur im Tod die Wahrheit liegt. Im Leben ist die Gleichgültigkeit der eigentliche Tod. »Wie gut, dass du mich gefunden hast«, sagte sie. Ich sei anders. Sie zog mich an ihren Arm, und während wir weitergingen, drückte sie sich fest an mich.

Schließlich fanden wir das Urnengrab der Callas. Eine bescheidene Tafel mit Goldschrift, an den Rändern mit Filzstift bekritzelt. Als wir ein paar Schritte weitergegangen waren, blieb Elle hinter einer versteckten Mauer plötzlich stehen und drückte mich mit dem Rücken an einen Grabstein. Sie lächelte und etwas blitzte in ihren Augen auf. Dann ging sie auf die Knie und öffnete den Reißverschluss meiner Hose. Sie nahm ihn auf eine Weise in ihren Mund und bearbeitete ihn mit der Hand, dass mir die Luft dünn wurde und die Wolken im Hellblau des Himmels anfingen zu schäumen. Für einen Moment glaubte ich, ich hörte die Callas singen.

Als sie fertig war, sagte sie, dass sie bald gehen müsse, ihr Mann käme von einer längeren Geschäftsreise aus Singapur oder Südafrika zurück. Es wäre schön, wenn ich sie besuchen würde, aber nicht vor Donnerstag, besser am Freitag. Sie kramte ihr Mobiltelefon hervor, um unsere Nummern auszutauschen. Aber ich habe keines, da ich eh niemanden kenne. Also schrieb sie mir eine Adresse auf eine Serviette. Dann redeten wir nicht weiter und suchten einen Ausgang. Schöne, rätselhafte, geheimnisvolle Elle.

Den Mittwoch und den Donnerstag verbrachte ich zu Hause. Ich ging nicht raus, und ich träumte und trank. Schlief, trank und träumte. Träge Tage voll schwirrender Unruhe. Morgens schaute ich aus dem Fenster. Vielleicht würde ich sie wieder erspähen. Aber es geschah nichts.

Sie wohnte im Sechzehnten und das Taxi kostete mich ein Vermögen. Als wir ankamen, bat ich den Fahrer, noch um die Ecke zu biegen. Ein Golfplatz war in der Nähe und die Straßen waren wie ausgestorben. Links Reihen mit luxuriösen Wohnungen und rechts auf der mit Bäumen gesäumten Straße die Villen für die, die wirklich das Geld hatten. Saint Cloud bei Neuilly-sur-Seine, südlich der Hochhäuser von La Défense, hinter dem Bois de Boulogne, ist reich, unnahbar und schön. Elle passte hierhin und vielleicht auch irgendwie nicht. Sie lebte in einer weißen Vorstadt, hinter einem Zaun, in einem weißen Vorstadthaus mit weißen Möbeln, die sich auf edlen, dunkel glänzenden Holzböden spiegelten. Hier war nichts. Nichts, was einen Alltag verriet. Keine Schale in der Diele auf einem Schrank, in dem Schlüssel oder Notizen lagen. Keine Schuhe, die unachtsam ausgezogen davorstanden, oder Jacken an Haken wartend. Im Wohnzimmer keine Kissen oder Decken, die benutzt auf einem Sofa lagen, keine Fernbedienungen für elektrische Geräte in Reichweite. Keine abgestellten Gläser und Tassen, keine aufgeschlagenen Zeitungen. Es gab nichts, was lebte. Hülle ohne Herz. Haut ohne Blut. Sollte ich jetzt ein Spielzeug für eine einsame oder gelangweilte Bankiersgattin werden? Einer, den sie, wann immer sie es wollte, herbeirufen kann? Ich fühlte mich fehl am Platze. Auch als sie mir öffnete, mich hineinzog, und auch als wir uns hinter der Türe das erste Mal richtig küssten. Elle überforderte mich. Es schien, als würde in ihrer Nähe immer genau das Gegenteil all meiner Erwartung geschehen. Sogar in diesem Kuss waren ihre Lippen gleichzeitig demütig und gierig. Unsere Zungen fanden und umkreisten sich, und unsere weit geöffneten Münder wollten sich beißen, ineinander eindringen, sich verzehren, so als suchten wir drängend, verzweifelt, wild in der Weichheit des jeweils anderen etwas, das wir herausreißen und verschlingen konnten. Ich küsste sie, als könnte ich es nicht ertragen, es nicht zu tun. Zähne schlugen aneinander und über unsere Lippen rann Speichel. Schließlich drehte ich sie um und revanchierte mich für die Episode auf dem Friedhof, und jetzt waren wir nicht mehr wie nasses Holz. Ich stieß mit all meiner Unsicherheit und meiner Begierde in sie hinein, sie wand sich und streckte mir ihren Hintern entgegen. Nass klatschten wir aneinander, ihr Gesicht an das Glas des großen Spiegels im Flur gedrückt und meine Hände an ihrem Hals. Keuchend sank sie zu Boden und schaute mich, als ich mir die Hose zumachte, mit geweiteten Augen provozierend von unten an. Entrückt und japsend grinste sie. Sich an die Wand lehnend, saß sie da. Ihr Haar war zerzaust.

Während sie im Bad war, stöberte ich durch das Zimmer. Ich fand ein Foto von ihr und einem Mann. Er war vielleicht um die fünfzig und sah mit seinen grauen Schläfen und der athletischen Figur gut aus. Ich zog Bildbände aus dem Regal. Caravaggio, Géricault mit seinem Medusenfloß, die Geschichte der Hetären, Hitler, Architektur, Psychologie, Gärten, Okkultes und Masochismus. Bald kam sie zurück. Sie trug einen seidenen Morgenrock über einem simplen, blauen Shirt. In der offenen Küche machte sie Tee. Sie bot mir alternativ einen Kaffee an, doch ich verneinte und fragte nach einem Bier, was sie in Verlegenheit brachte. Schließlich öffneten wir die bauchige Flasche eines Ruinart und tranken den Champagner draußen in dem nach allen Seiten geöffneten Wintergarten, der wie eine Orangerie aus Schmiedeeisen und zartem Glas aussah.

Wir saßen in bequemen Sesseln mit weichen Polstern und schauten über den Bois de Boulogne auf die Spitze des Eifelturms. Den Tee hatte sie in der Küche stehen lassen. Ich sah, dass sie kein Höschen trug. War sie eine vernachlässigte und lüsterne Frau, die sich von einem reichen, impotenten Langweiler, der längst sein Interesse an ihr verloren hatte, in einen Käfig sperren ließ?

Es wurde ein leichter Nachmittag und meine aufsteigende Verkrampfung und meine zweifelnden Gedanken verperlten wie die Reste in den beiden Champagnerflaschen, die abends auf dem Tisch standen und ein beruhigendes Grün im Flackern der Kerzen über die Tischplatte spiegelten. Irgendwann wurde es dunkel und ich sah in dieser Stadt zum ersten Mal die Lichter am Himmel. Ich hielt nach Sternschnuppen Ausschau, auch wenn es nicht die richtige Zeit im Jahr war. Doch ich stellte mir vor, wie eine Million Wünsche im Nachtblau nach oben fliegen und das Firmament in einem eigenem Glanz erstrahlt. Immer dann, wenn eine Sehnsucht genau auf ihre Sternschnuppe trifft und sie in diesem Moment vor Glück kurz aufglüht. Gleichzeitig bedauerte ich all die Wünsche, die in die Nacht an all den Irrsternen vorbei hinaus ins Endlose schossen und unerfüllt blieben.

Wir saßen gedankenverloren mit Decken um unseren Schultern und Elle fragte mich über mich aus. Wo ich herkomme, was ich mache und weshalb ich so wie ein Hundewelpe mit feuchten Augen schaue.

Ich bin halber Italiener und stamme aus einem kleinen Dorf am Eingang zum Aostatal, da wo der Évançon mit seinem wilden und weißen Wasser bei Verrès in die Dora Baltea fließt. Als sie meinen Vater holten, kochte die Brühe für Tortellini. Wir hatten den Teig dünn ausgerollt, in Quadrate geschnitten, sie dann mit einer Füllung aus Spinat zu kleinen

Dreiecken zusammengedrückt und zuletzt die spitzen Ecken zusammengeklappt. Er erzählte mir gerade, weshalb es überhaupt Tortellini gibt. Es war der Sage nach so, dass Venus, die Göttin der Verführung und der Liebe, ganz in der Nähe bei uns in Oberitalien in einem Gasthaus übernachtet hatte. Niemand bekam sie zu Gesicht, doch ein Koch sah beim Blick durch das Schlüsselloch ihrer Kammer ihren Bauchnabel und war so hingerissen, dass er nach seinem Vorbild eine Nudel formte. Ich dachte gerade noch über Nudeln und Bauchnabel nach, als es einen Knall gab und die Tür brach. Männer mit Helmen, Masken und in schwarzen Uniformen drangen mit Maschinengewehren im Anschlag in unsere Küche. Sie warfen meinen Vater zu Boden und drei von ihnen knieten sich auf ihn, bis sie ihn mit Kabelbindern gefesselt hochhoben. Mein Vater ist Araber und sitzt irgendwo im Nahen Osten im Gefängnis. Oder er ist tot. Ich weiß es nicht. Bevor er nach Norditalien kam, das war in den frühen Siebzigern, war er Terrorist. Ich weiß zu wenig, deshalb kann ich nicht viel erzählen. Es soll einen versuchten Anschlag gegeben haben, und er flüchtete mit einem Loch im Bauch durch die Türkei bis vor die Alpen. Dort heiratete er meine Mutter, die mir, noch bevor ich in die weiterführende Schule kam, vom Krebs fortgenommen wurde. Von da an war ich ein Schlüsselkind. Mein Vater hatte wohl weitestgehend seinen kranken Idealen abgeschworen und er tat sein Bestes in der Gemüseabteilung eines Supermarktes. Als junger Mann hatte er sich in falscher Ideologie verirrt. Das Unheil der Welt kommt immer von den Orthodoxen. Den Fanatikern. Nachdem sie ihn geholt hatten, musste ich ins Heim. Vierzehn war ich damals. Wohngruppe nannten sie das. Doch für mich fühlte es sich an, als sei ich anstelle meines Vaters eingesperrt. Ich hielt es nicht aus, doch jedes Mal wenn ich abgehauen war, brachten sie mich wieder zurück.

Ich glaube, ich habe noch nie so viel über meine Herkunft mit jemandem gesprochen, doch in Elles Nähe fühlte ich mich sicher. Ich berichtete von den Städten, in denen ich gearbeitet hatte, und ich erzählte ihr von dem Drama, gleichzeitig ruhelos und orientierungslos zu sein. Dabei suche ich nur das Gleichgewicht, in dem alle Beständigkeit ruht.

Mit bis unter das Kinn angezogenen Knien saß sie mir gegenüber. Sie nickte oder stellte ab und an eine Frage. Im Lichtschleier der Kerzen vor dem Vorhang der Nacht sah sie aus wie ein Engel. Aus Porzellan oder Marzipan. Als ich ging – vielleicht hätte ich bleiben sollen –, fragte sie mich:

»Wenn wir uns lieben, fühlt sich das Leben wahrhaftig an. Was ist es denn dann in den anderen Momenten?«

Ich nahm den Wein, den wir noch angebrochen hatten, mit. Aus welcher Gegend er kam, weiß ich nicht mehr so genau. Sein Rubinrot schimmerte im Mondlicht geheimnisvoll. Er schmeckte geschmeidig und samtig. Die Textur war dennoch fruchtig, sodass ich ihn gut und viel zu schnell trinken konnte.

Ich wanderte durch die Straßen des Passy und hoffte auf ein Taxi. Die meisten Häuser waren zu der späten Stunde schon dunkel, nur vereinzelt konnte ich durch die noch erleuchteten Fenster einen heimlichen und flüchtigen Blick auf die Wohnungen und in die Leben dieser mir unbekannten Menschen werfen. Nach dem Tag, der für die Jahreszeit viel zu warm war, hauchte die Nacht eine wohltuende Milde über die Dächer. Es war friedvoll, ich trank von dem Wein, sodass gleichzeitig Sanftmut und Schwermut in mich hineinsickerten und dort überliefen. Meine Gedanken reisten immer wieder zurück zu den Bildern von Klimt. Ich war mittendrin. Nur waren es nicht Judith mit dem Kopf des Holofernes, die schlafende Danae oder Adele, die mich vor meinem geistigen Auge in ihrer rätselhaften, goldenen Schönheit überfluteten. Es war Elle, die mir geheimnisvoll entgegenleuchtete. Ich erinnerte mich an ihre Antwort, als ich sie nach der Videoshow fragte, welches ihre Lieblingsfarbe sei. Sie sagte, dass die Finsternis eine starke Macht sei. Dass die dunkle Kraft für die Tiefe und die helle für das Weite stehe. Dass es leichter sei, in Tiefen zu steigen, da man in sie fallen könne. Alles Weite wolle mühsam durchquert werden. Es sei ein Trugschluss, dass Hell und Dunkel zwei Seiten desselben sind. Man sehe es an der Dämmerung. Jeden Abend und an jedem Morgen. Auch wenn sie sich in der Frühe wandelt, sei die Dämmerung die Tochter der Dunkelheit. Nicht die des Lichts. Zuletzt sagte Elle, dass das Licht ihre liebste Farbe sei, da man es im Dunkeln sehen kann und im Licht nie das Dunkle. Das gebe ihr trotz allem Mut.

Ich setzte mich auf einen kleinen Backsteinsims. Als wir zuvor in ihrem Garten beisammen waren, erzählte sie ein wenig von sich. Ich fragte nichts, aber sie wusste, dass sie sich zumindest ein bisschen erklären musste.

Anfangs hatte ihre Ehe funktioniert. Doch der gemeinsame Kinderwunsch sei unerfüllt geblieben. Sie sprach mit ihrer leisen Stimme lakonisch von ihrem Mann, der es irgendwann vorgezogen hatte, noch mehr Geld zu verdienen. Vielleicht um ein anderes Leben abseits von ihrem zu führen. Ein Leben, in dem er sie Tag für Tag immer etwas mehr zurückgelassen habe. Er sei politisch engagiert, mit Ambitionen. Sie habe gehofft, dass er mit einem Amt wieder öfter zu Hause sein würde. Manches Mal blieb er über Wochen auf Reisen oder in seiner Stadtwohnung. Sie wollte, dass sich die Dinge wiederfinden. Sie sich mit der Zeit einfach wieder besser auffinden. Doch das alles sei nicht geschehen, und nach und nach seien der Alltag, die Ungeduld und auch die Langeweile zu einem ganzen Meer an Fremdheit, Einsamkeit und Schweigen gewachsen. Sie sagte aber auch, dass sie ihn trotz allem liebe und brauche, sich nach ihm sehne, weil er ihr in den Momenten, in denen er da sei, die Freiheit schenke. Sie sagte, dass sie mit Haut und Haar sein Besitz sei. Ich verstand das nicht und fragte sie, weshalb sie das alles nicht hinter sich lassen könne. Ich sei schon so oft bereit gewesen, mit einem spontanen Entschluss dem Leben eine Wendung zu verpassen. Wenn es sich lohnt, dann muss man bereit sein, und sei es, dass man nur für diesen einen einzigen, wertvollen Augenblick sterben muss. Jeder Schritt eines Wagnisses kostet den Boden unter den Füßen, auf dem man steht. Etwas nicht zu wagen, sich nicht zu bewegen, bedeutet, in seinem eigenem Dreck zu versinken. Wie Vieh in zu engen Ställen. Die betäubende Lethargie, das Phlegma ist der Tod, den wir im Leben schmecken. Wenn alles mühsam ist und selbst das Kleinste groß und das Leichte schwer wird. Wenn wir an jedem verfluchten Tag müde und müder werden. So lange, bis wir unfähig sind, von alleine aufzuwachen, und wir mit leerem Blick umherirren. Das passiert mit jeder Bewegung, die wir versäumen. Mit jedem verschenktem Wagnis. Im Denken und in den Gliedern.

Ich hatte gut reden und es kam mir dann doch unangebracht und großspurig vor. Niemand kann übers Wasser gehen, fester Boden unter den Füßen bietet uns die Sicherheit, die wir alle so sehr brauchen. Die großen Momente, die großen Gefühle hat man doch nur in dem kurzen Moment, in dem man springt. Nur so lange, bis man hart aufschlägt oder weich fällt. Dann ist es vorbei. Ist denn nicht immer, wenn ich von Flughafen zu Flughafen weitergezogen bin, auch etwas eingestürzt, das ich mit Mühe zuvor aufgebaut hatte? Bin ich nicht selbst zu oft hingefallen? Immer wenn ich das Springen gewagt habe? Vielleicht sollte man sich nicht einfach und feige davonmachen, sondern wenigstens die Fäuste heben und kämpfen. So wie die Müllmänner, die den Dreck von der Straße ziehen. Die, die bereit sind sich zu wehren, wenn das Leben sie ficken will.

Während wir in ihrem Garten über all das sprachen, hatte sie mich lange angeschaut, und irgendwo in ihren Augen schimmerte die dunkle Wasseroberfläche eines erloschenen und geheimnisvollen Vulkans, dessen Krater mit einer unendlichen Traurigkeit umrandet ist. Elle nahm einen tiefen Schluck aus ihrem Glas, hielt für einen Augenblick inne, als suche sie etwas in einem fernem Nichts. Dann setzte sie zu einer Antwort an.

Es sei eben nicht nur so, dass er in der Politik sei und für mächtige, große Unternehmen arbeite. Patriarchische Zirkel, die hier in Frankreich das Sagen haben. Die Zeiten seien zwar anders als früher, aber wirklich geändert habe sich nichts. Besonders für Frauen. Sie könne nicht einfach zwischen den Stäben eines goldenen Käfigs hindurch ins Freie treten. Sie sei es ihm schuldig und sie sei noch auf eine ganz andere Weise von ihm abhängig. Ich fragte sie, auf welche, aber sie antwortete nicht. Sie sagte nur, sie habe auch Angst davor, was dann kommen würde. Auch weil ihr Mut so müde geworden sei. Nichts sei so schlimm, als dass man es nicht gegen die Furcht vor etwas noch Schlimmeren herunterschlucken würde. Weil die Freiheit nur dann einfach sei, wenn man nichts mehr zu verlieren habe.

Und doch könne sie es kaum ertragen, sich selbst nicht mehr zu spüren. Dass sie jeden Tag auf ihn warte und sich suche, weil das leise Schreien immer lauter werde, nach ihr rufe. Und dass es zu oft hinter den blinden Spiegeln, in denen sie sich schon fast nicht mehr sehen könne, wimmere und weine. Dass ihr die schleichende Agonie die Brust zuschnüre, als müsse sie bei aller Anstrengung durch einen Strohhalm atmen.

Dann saßen wir lange beieinander und sagten nichts. Doch im Schweigen sprachen wir weiter. Uns nah in nächtlicher, gedankenverlorener Stille. Als ich nach einer Weile aus dem Bad zurückkam, lag sie, nackt, alle viere ausgestreckt im Wohnzimmer auf dem Boden.

»Benutz mich«, raunte sie, und ich umfasste sie, ohne dass sie sich dabei involvierte.

Gerade als ich die Flasche auf meiner Mauer sitzend geleert hatte und darüber nachdachte, wie unterschiedlich es war, mit ihr Sex zu haben, blinkte die Polizei und hielt vor mir den Wagen an. Streuner, die aus Flaschen trinken, sind in schönen Gegenden verdächtig. Alles Abfällige ist hier besonders auffällig.

Ich erzählte den Beamten, dass ich in der Gegend bis spät zu Besuch gewesen sei und mir nun ein Taxi rufen wolle. Die Frage, wo ich denn war, ließ ich unbeantwortet. Meine Papiere wurden kontrolliert, über die Funkzentrale bestellte man mir einen Wagen. Man wollte mich hier schnell wieder loswerden. Dann verabschiedeten sich die beiden Polizisten, nicht ohne noch zweimal um den Block an mir vorbeizufahren. Jedes Mal grüßte und winkte ich ihnen zu.

Ich staunte nicht schlecht über den großen schwarzen Mercedes, der bald bei mir vor dem Backsteinsims hielt. Ein Algerier nahm mich mit und drehte die Musik laut. Er stellte sich als Boubou vor. Ein muskulöser Kerl mit einem jungenhaften und fröhlichen Gesicht, gekleidet in Hemd und Krawatte. Er war vielleicht Mitte zwanzig oder Anfang dreißig, mit scharfkantig geschnittenen und an den Ansätzen ausrasierten Haaren und dreitägigem schwarzen Bart.

Was ich bei den Reichen mache, wo ich herkomme, ob ich in der Gegend wen kenne? Vielleicht einen Prominenten? Weshalb die Polizei den Wagen bestellt habe, ob ich etwas Kokain möchte? Der Junge redete schneller als der französische Rap, der über die Lautsprecher mit seinem Beat das Blech der Limousine vibrieren ließ. Ich fragte, ob ich rauchen dürfe, und freundlich wie mein neuer Freund war, hatte ich plötzlich zwei Packungen verschiedener Sorten Zigaretten in der Hand, die er mir herüberreichte. Ich solle mir was aussuchen, auch wenn ich eine Cohiba wolle, sei das kein Problem. Er könne mich gerne in eine gute Bar fahren, in der sich die Mädchen nicht nur ausziehen. Sein Schwall an geschäftiger Freundlichkeit riss nicht ab, und gerade weil er so sympathisch und nett war, ließ ich ihn gewähren und nahm eine von seinen Marlboros. Als wir bei mir ankamen, verabschiedeten wir uns. Dabei stieg er aus, lief um das Auto, hielt mir die Tür auf und umarmte mich. Ich war verdutzt und überrumpelt. Ich solle auf mich achtgeben. Die Musik dröhnte ungestört und in voller Lautstärke weiter über die leere, nächtliche Straße. Zuletzt gab er mir eine Karte mit seiner Telefonnummer. Für alle Fälle. Falls ich ihn einmal brauchen würde. Ich wollte dann doch noch etwas von seinem Kokain. Für alle Fälle.

3

Ich bin jetzt Mitte dreißig, und hat man erst einmal damit angefangen, seine Grenzen zu akzeptieren, fängt man an zu sterben. Das ist nie etwas für mich gewesen. Schon deshalb bin ich, wie ich bin. Einerseits mit meinen Fehlern und der Ausweglosigkeit, die an mir klebt. Anderseits mit der Lust an aller Gewalt, die das Leben bietet. Damals verstand ich Elle und wusste um die Einsamkeit, die so viel intensiver erlebt wird als die Geselligkeit. Freiheit scheint eng mit der Einsamkeit verflochten zu sein. Es ist schwer, allein und glücklich zu sein. Sich selbst zu genügen. Vor allem dann, wenn man hört, wie die Stille heult. So wie hinter Elles blindem Spiegel.

Sie träumte in ihrem weißen Vorstadthaus von der Liebe, bis sich ihre Welt färbte. Und in den Nächten schnitt sie die Sehnsucht wie ein Messer. Sie war allein und konnte machen, was sie wollte. Sich das Gesicht zerkratzen oder nackt durch dunkle Straßen laufen. Den ganzen Weg schreiend. Niemand würde sie sehen. Wie ich suchte sie die Freiheit und fürchtete sich vor der Einsamkeit, die in den traurigsten Momenten wie eine Welle über sie kam und sich ihren Preis holte. Dann, wenn der Mangel laut und lauter wurde, presste und sie erdrückte.

Seit sie fort ist und auch etwas von meinem Leben mitgenommen hat, spüre ich umso mehr, dass ich sterblich bin, dass ich nicht mehr lange haben werde. Es ist keine Angst in mir, weil ich den Tod schon kenne. Er kam zu mir, als ich als Kind unter Wasser war und fast ertrunken bin. Nie vergessen wir unseren ersten Moment der Gewalt.

Jetzt fühle ich mich bedrängt, weil ich unsere Geschichte bis zum Ende aufschreiben muss und doch nicht fertig werden will. Ich verfluche den beschissenen Lauf des Lebens, den Punkt, an dem die Zeit aufhört, zu tropfen und zu plätschern, und man denkt, dass es ein Schritthalten ist, bis man feststellt, dass man wie wild gegen eine immer reißendere Strömung rudert, um den Kopf über Wasser halten zu können. Gleichzeitig fischt man verzweifelt mit zerrissenen Netzen in den leer werdenden Meeren des Lebens. Für ein wenig mehr, damit das Wenige nicht weniger wird, bis man versucht, mit dem Beifang die Löcher des Verlorengegangenen zu stopfen. Viel zu kurz habe ich gelebt. Ich meine, wirklich gelebt. Mit ihr, an Tagen, an denen ich weiter als der Himmel über mir war.

Durch das Fenster meiner Zelle starre ich auf die graue Mauer. Sie ist mir eine Leinwand, und wenn die Sonne am Mittag über ihr steht, sehe ich ins Licht und auf den Schatten des Betons zeichnet sich in meiner Fantasie unser Ort. Es war dieses Zimmer, das sie gemietet hatte. Möglicherweise deshalb, weil in meiner kleinen Wohnung keine Gemütlichkeit aufkommen wollte. Oder sie hatte es schon seit Längerem. Wieder eines ihrer Rätsel, das meine Unsicherheit nährte. Es gab ein Bett, einen Tisch, vier Stühle, eine Kochecke und einen Schrank. Direkt am Saint-Martin-Kanal bei den zwei Schleusen von Récollets. Lila Klematis blühten an den Fenstern, aus denen man einen Blick auf die alten Bäume und das Wasser hatte.

Ich war überrascht, als sie mich mit ihrer winzigen Zahnlücke anlächelte und mit mir hinauf zu dem Zimmer ging, es aufschloss und mir feierlich einen Zweitschlüssel gab. Sie lächelte vielsagend und führte mich hinein. Dann knöpfte sie mir langsam das Hemd auf. Als ich sie an mich heranziehen und küssen wollte, löste sie meine Hände von ihrer Taille und legte einen Finger auf den Mund. Ganz nah stand sie vor mir. Sie zog mir das Hemd aus und setzte mich auf einen Stuhl. Nachdem sie ihren Rock, die Bluse und den BH abgelegt hatte, holte sie einen zweiten Stuhl heran, legte noch einmal den Finger auf ihre Lippen und gebot mir zu schweigen. Uns gegenübersitzend schauten wir uns für eine Ewigkeit an. Ich sah weg, dann vorsichtig wieder hin. Verlegen. Erregt. Nervös. Zuerst suchte ich ihre Knie, dann ihr Gesicht. Sie blickte in meine Augen und ihr warmes Lächeln schenkte mir Vertrauen. Ich betrachtete ihren Hals, die feinen Härchen im Gegenlicht, den Bauch, die Brüste, wieder ihren Hals. Ich sah ihre Schultern, ihre Haut, ihren Mund, ihre Augen und noch einmal ihre Brüste. Ich weiß nicht, für wie lange wir still dasaßen und uns erforschten. In Wellen überkamen mich Schauer, ich empfand Anmut und Verbindung und fühlte das Sirren des immer stärker werdenden Stroms in mir. Irgendwann stand sie langsam auf, entkleidete sich ganz und öffnete ihre Beine. Ich tat das Gleiche. Für eine Ewigkeit saßen wir uns betrachtend da. Bis wir uns nur noch in die Augen schauten.

Jeder Mensch hat mindestens einen solcher Orte, an denen etwas geschehen ist, dass einen für immer an diesen Fleck bindet. Vielleicht ein Moment in der Stille, ein Kuss, ein Blick, eine Begegnung, ein Lachen,

Leichtsinn oder Abschied. Verbotenes, Verzweiflung, Streit, ein Unfall oder Unrecht. Dieses kleine Zimmer am Saint-Martin-Kanal ist so ein Ort, den ich in mir trage. Oft zählten wir, wenn wir dort waren und nachdem wir uns geliebt hatten und unsere nackte, verschwitzte Haut von kühlender Abendluft durch das offene Fenster umspielt wurde, vom Bett aus die Touristen auf den Booten. Oder wir sahen den Menschen bei der Arbeit zu. Wir malten uns aus, wie wir selbst irgendwo im Süden in einem einsamen Schleusenwärterhaus aus alten Steinen leben. Den ganzen Tag roten Wein trinken, Käse und Grillspieße dazu. Ab und an ein kleines Boot nach oben oder unten befördern. Wir würden vor unserem Haus in der Sonne sitzen und uns gehen lassen. Lesen, angeln, auf einer Schaukel schlafen. Keinem einzigen Tag und niemandem verpflichtet. Ich unrasiert mit einem schmutzigen Hemd aus Leinen und sie in kurzen Jeans mit einer Brise Wind in ihren Haaren. Wir könnten dort bleiben und niemals zurückkommen. Mit Puder in unseren Augen vergaßen wir in diesem Sommer für ein paar Stunden das Gewicht der Dinge. Vielleicht ist das Schleusenwärterhäuschen, das es niemals gab, auch ein solcher Ort, der für immer bei mir bleiben wird?

An einem dieser Tage schlenderten wir, nachdem wir unser Zimmer verlassen hatten, unter den Bäumen am Ufer des Kanals. Elle hakte sich bei mir ein und befragte mich über meine Zeit im Heim, wie es sich für mich dort angefühlt hatte. Für einen Moment dachte ich nach, sah die Bilder von damals, und der tiefe Winter dieser Tage, den ich längst abgestreift zu haben glaubte, brach wieder aus. Die ganze kalte Zeit mit ihrem ewigen Eis, sie lag noch in mir, und vielleicht stecken die Wurzeln und die Gründe für mein Fortlaufen und mein Verlaufen in diesem tief sitzenden Frost.

Wir gingen noch ein paar Schritte, dann sagte ich, dass es genau umgekehrt wie bei Tolstoi gewesen sei. Alle Kinder im Heim, so unterschiedlich sie auch sind, sie gleichen einander im Unglück.

Später, als wir wieder zurück in unserem Zimmer waren, erzählte mir Elle von ihrer Finsternis. Ihre Mutter konnte nicht richtig lieben. Sie schaffte es nur, sich selbst zu lieben, und sie hat, damit sie keine Liebe geben musste, alle Ansprüche dahin gehangen, wo man sie sehen, aber nie erreichen konnte. Nichts war gut genug, und das ließ sie alle spüren. Eine kalte Aura, eine bis an Verachtung grenzende Abwertung umgab sie. Alles um sie herum sollte perfekt sein, und wenn es das nicht war, dann strafte sie ihre Nächsten mit Schweigen. Einem der Art, das ihrer maßlosen Enttäuschung Ausdruck gab. Das sie wegen einer vermeintlichen Unzulänglichkeit manches Mal über Tage nicht brach. Das Schweigen war für Elle als Kind das Schlimmste. In Gedanken sah ich eine Parallele zu ihrem Mann, der auch nie da war und in dessen Abhängigkeit sie stand.

Ihre Mutter erstickte an ihrer künstlichen Perfektion. Sie war nichts anderes als ein Panzer, der sie davor schützte, ehrlich lieben zu müssen, selbst verletzbar und hingebungsvoll zu sein. Elle erinnerte sich, wie hart und gnadenlos sie über andere urteilte, und jeden, der ihr nahestand, wegen einer Verfehlung, etwas Unmoralischem, einem falschen Wort, einer Nichtigkeit aus ihrem Sichtfeld entfernte. Wenn sie mit all dem nicht durchkam, saß sie schweigend in ihrem Sessel. Jeder sollte ihr Unglück sehen. Sofern man nicht genug oder nicht richtig hinschaute, weinte sie Tränen aus Eis, nur damit man sich schlecht fühlte. Nachdem ihr Mann sie verlassen hatte, sprach sie nie wieder ein Wort mit ihm. Schließlich war sie allein. Über die Jahre hatte sie sich immer weiter in den Kokon ihrer Depression eingesponnen und lebte bis zu ihrem einsamen Tod in der Avenue Lowendal, unweit des

Invalidendoms. Man fand sie nach Tagen in ihrer perfekt aufgeräumten Wohnung in ihrem Schweigesessel, im Hauskleid, mit gemachten Haaren und Schminke auf ihrem toten Gesicht. Sie hatte sich ihre sich selbst geißelnde, kompromisslose Haltung bis zu ihrem letzten Tag bewahrt. Auch wenn sie schon längst keinen Kontakt mehr zu ihrer Tochter hatte, erreichten Elle zu den Geburtstagen und an Weihnachten Postkarten mit emotionslosen und förmlichen Grüßen. Ohne Zusatz oder einem Postskriptum mit persönlichen Worten. Wie eine Blume auf das Licht wartete Elle bis zuletzt auf ein Zeichen ihrer Zuneigung.

Ich kenne den Geschmack des unbestimmten Wartens aus dem Heim. Ein unangenehmes und beengendes Gefühl, das einem die Luft abschneidet und am Ende Würde, Sicherheit, Souveränität und Stolz bricht. Dann dehnt sich alle Selbstachtung wie ein Band so lange, bis es reißt. Damals wusste ich noch nicht, wie sehr ich noch auf Elle warten würde.

Ihre Mutter schien mir ein wirkliches Aas zu sein, und ich fand es ungerecht, dass ich ohne eine Mutter und sie mit dieser Narzisstin aufwachsen musste. Kinder, die geschlagen werden, haben blaue Flecken. Die Verletzungen von Narzissten sind unter der Haut verborgen.

Sie fragte mich: »Was macht das alles mit einem und weshalb bin ich so, wie ich bin? Weißt du das, Lui?«

Ich entgegnete zwar, dass sie wunderbar sei, und das meinte ich so, wie ich es sagte. Aber es half nichts. Elle nahm sich die Decke und schlug sie über ihre nackten Schultern. Sie sah so schön aus.

Aus dem Fenster blickend und rauchend sagte sie leise, dass sie über Schluchten springe. Von Klippe zu Klippe. Hin und her. Weggestoßen und angezogen zugleich.

»Einerseits willst du es ihr recht machen, damit sie zufrieden ist, weil du verdammt noch mal jede kleinste beschissene Liebe so bitter brauchst. Du sehnst dich nach Geborgenheit, etwas Zärtlichem, das sie dir gibt und nur dir gehören darf. Dir Sicherheit gibt.«

Stattdessen hatte Elle das Fallen gelernt. Ein kleines Mädchen rollt die ungeheuren Felsblöcke ihrer Mutter auf ewig Berge hinauf, bis sie, fast am Gipfel, das Übergewicht zurückwirft und das Kind nichts anderes machen kann, als sich in Verzweiflung aufs Neue zu erheben. Nur für ein wenig, ein ganz kleines bisschen beschissene Liebe. Diese Bedürftigkeit und dieses aussichtslose Bemühen gehen nie wieder fort.

Anderseits wollte Elle nur weg. Von all dem freikommen. Sie versuchte eigene Wege. Zuerst heimliche, dann immer weitere und fremdere und schließlich die dunklen. Zwischen der gleichzeitigen Sehnsucht nach Liebe und Flucht fiel sie immer wieder in die Schluchten, über die sie springen wollte. Zuletzt verschloss sie sich. Wie ihre Mutter. Damit sie nichts mehr so verletzen konnte. Bis sie Stéphane heiratete, griff sie nach allen Händen, die sich ihr boten. Auch nach den falschen. Welche, die sie ausnutzten, andere, die sie quälten. Sie wurde von Männern geschlagen und sie ließ es geschehen. Sie nahm den Schmerz dankbar an, weil sie auf diese Weise wieder anfing etwas zu spüren, das gegen ihre Betäubung ankam.

Wenn doch nur die richtigen sanften, starken Hände kämen, sagte sie, als sie sich mir gegenüber vor das Bett kniete. Sie hielt mein Gelenk umklammert, während sie mit ihrem Finger etwas auf die Innenfläche meiner Hand schrieb und sie dann betrachtend und in Gedanken streichelte. Als sie aus diesem stillen und zärtlichen Moment erwachte, warf sie das Laken über ihre Schultern nach hinten und führte meine flache Hand an ihre Brust. »Schlag mich«, flüsterte sie. Ich schaute. Überrascht. Doch sie wiederholte es leise. »Schlag mich, bitte. Schlag mich … Jetzt!«

Ich zögerte und war entsetzt. Über das, was sie erzählt hatte, und über ihre plötzliche Reaktion. Sie hielt meinen Arm fest umklammert und versuchte, sich selbst mit ihm zu schlagen. Immer und immer wieder. Sie zerrte und zog, und sie wurde lauter. Wollender. Bis sie mich anschrie. Drängend, flehend und fordernd. »Schlag mich. Schlag mich. Schlag mich. Endlich! Bitte.« Und wieder schlug sie sich mit meiner Hand selbst. Zweimal, dreimal. Sie wimmerte und bettelte. Verlangte und verlangte und immer wieder schlug sie sich, meinen Arm in ihrer Umklammerung … Bis ich zum ersten Mal einer Frau ins Gesicht schlug, um sie zu beruhigen, dann angestachelt, verzweifelt und wütend.

Sie brüllte mich an: »Fester! Schlag mich! Mach. Bitte …« Tränen rannen über ihre Wangen, und ich schlug und schlug sie, fühlte das Sich-in-uns-Lösende, und dann fickten wir wie zwei durstige Tiere.

Als der Sturm vorüber war, umklammerten wir uns, zwei angeschlagenen Boxern im Delirium gleichend. Wir waren angekommen im Schlachthaus der Liebe.

In der Nacht wachte ich auf und sie war fort.

Wir trafen uns jetzt immer mittwochs und so oft es ging an den Samstagen. Meist kam sie in die Wohnung gegen elf. Sie blieb bis zum späten Abend. Ich fuhr wieder zur Arbeit und verschob die kleinen grünen Flugzeuge auf meinem Radar. Auf unsere Treffen richtete ich mich ein. So wie man sich auf eine Regelmäßigkeit einrichtet und dem Chaos Ordnung verschafft. Die Regelmäßigkeit stiehlt dem Glück das Fieber. Diese Gefahr nahm ich gerne in Kauf.

An unseren Tagen streunten wir wie Touristen durch die Stadt. Standen bei Berthillon auf ein Eis an, spazierten durch Gärten oder saßen an der Seine und schauten aufs Wasser, während unsere Hände ein Stück Haut vom anderen suchten, um die entflogenen Gedanken zu erden. Wir verbrachten einen Nachmittag im d'Orsay, um uns Monets Mohnblumen anzusehen. Wir planten, irgendwann einmal den Seerosenteich bei seinem Haus in der Normandie zu besuchen. Nur die Seine immer weiter rauf nach Norden. Unterwegs tranken wir etwas und ließen uns von herablassenden Kellnern bedienen. Manchmal begleitete ich Elle zum Einkaufen. Es waren teure Adressen. Ich wartete geduldig, und ich gebe zu, dass es mir Spaß machte, ihr dabei zuzuschauen, wenn sie etwas anprobierte, aus der Kabine kam, den Kopf auf die Seite legte, lächelte und mich fragend ansah. Sie sah glücklich aus. Ich mochte ihren Mund. Er hatte diesen perfekt nach oben geschwungenen Bogen und war meist leicht geöffnet. Ihr feuchten Lippen verrieten ihre Lust.

Wenn wir nicht draußen waren, verbrachten wir die Tage bei offenem Fenster auf dem Bett und entkamen der Zeit. Aneinander liegend, uns an den Geschlechtern haltend, erforschend, uns vertrauend. Wir lasen uns vor oder wir aßen Kleinigkeiten und krümelten in die Laken. Ich erinnere mich gerne an diesen letzten Sommer. An einem solchen Tag spielten sie im Radio sogar Édith Piaf mit ihrer kraftvollen und ausdrucksstarken Stimme, die so schön zu den Tragödien des Lebens passt. Es war ein Lied über die Liebe.

Es ist mir egal, ob du mich liebst.
Denn ich würde auch sterben.
Werden wir die Ewigkeit für uns haben?
Im Blau der Unermesslichkeit?
Am Himmel keine Probleme.
Meine Liebe, denkst du, wir lieben uns?
Gott vereint diejenigen, die lieben.

Ja, ich weiß, es ist alles etwas viel Paris, mit allen Klischees, die diese Stadt zu bieten hat. Aber wo auf der Welt ist es sonst so? Wo? Paris ist für mich ein

Ort voller poetischer Erinnerung mit atemberaubender Grandezza, Verve, großen Gesten und melancholischen Bildern. Nirgends kann man größer träumen und das Sein und den Augenblick auf so vollendete Weise genießen wie hier.

Wir taten es zärtlich, dann schnell oder hart und wild. Wir küssten, bissen, leckten, kratzten uns und hielten uns fest. Doch manchmal, später immer öfter, wollte sie, dass ich sie dabei schlug. Es war nicht leicht für mich, es kostete mich Überwindung. Doch ich bemerkte die Gewalt, die durch die Gewalt losbrach. Also taumelten wir zwischen Geben, Nehmen und Hinnehmen. Ich bemühte mich, ihr zu gefallen. Ich fragte nichts und schenkte ihr die Momente, in denen sie so sein konnte, wie sie es wollte. Viel lieber hätte ich ihr mit vorsichtigen Händen das Sanfte der See ins Herz gestreichelt. Trotz allem konnte ich es aushalten, wenn sie ihre Hunde auf mich losließ.

Elle gab mir dafür die Ruhe, die ich brauchte. Meine Windstille. Nicht, dass ich es nicht ruhig gehabt hätte. Monotone Tage verstrichen in Serie zwischen meinem Zimmer in der Rue Beaubourg und dem Flugtower in Orly. Ich war zu oft nicht anders als all die anderen, die im Leben längst und unbemerkt in einer Endlosschleife aus Aufstehen, Rennen und

Schlafen gestorben sind. Meine Unruhe kommt immer dann auf, wenn ich Menschen um mich habe. Menschen, die sich mir annähern. Elle sagte zu mir, dass dies wohl aus meiner Zeit im Heim komme. Allein diese mögliche Wahrheit machte mich nervös. Doch ich hielt es aus. Weil ich in ihrer Nähe und in ihrer warmen Umarmung nichts zu befürchten brauchte. Wir beide hatten bei uns einen Frieden gefunden.

An einem Samstag, ich kam gerade bei unserer kleinen Wohnung an, saß Elle draußen auf der Terrasse eines Cafés. Ich sah sie schon von Weitem und winkte ihr zu. Als ich mir einen Stuhl heranzog, sagte sie nichts. Weit entfernte Ahnungen von Abschied wehten aus der Ferne kühl herüber. Wir blickten uns für einige stumme Minuten an. Nie habe ich jemanden getroffen, den ich so wortlos verstand. Elle sprach mit ihren Augen, und ich hörte sie, lange bevor sie anfing zu reden.

Sie fragte, wie oft wir im Leben jemandem begegnen, der uns in unserem Innersten gleicht? Einem Menschen, der dieselbe Melodie in sich trägt. Jemandem mit einem ähnlichen Verlangen und der gleichen Zartheit und Zerbrechlichkeit. Den einen von Bedeutung, der uns in aller Empfindsamkeit wie ein Abbild ist, mit dem das Schwere und das Laute fortgeht und an dessen Seite wir ohne Zögern loslassen. Jemandem, dem wir unsere Sicherheit in die Hände legen. Weil wir wissen, dass es nie wieder ein Geländer braucht und wir nicht mit ihm stürzen können. Der, mit dem wir in Einklang gehen und singen. Nur weil er beinahe genauso ist wie wir selbst, und der doch dieses eine Stück für uns hat, das uns zur vollsten Vollständigkeit fehlt. Welches Glück hat man, wenn man so einen Menschen trifft; diese einzige Person, mit der man über die Schatten von Wolken springen kann. Das geschehe vielleicht nur einmal, oder nie.

Ihre Worte waren so leise, dass das Geklapper an den Nebentischen sie fast verschluckten. Ihr Blick wich aus, und bevor sie fortfuhr, machte sie eine verlegene Pause.

Sie spüre, dass ich ein solcher Mensch für sie sei. Der andere Himmel einer geteilten Seele, die nichts mehr wolle als die unerreichbare Freiheit. Und jetzt habe sie Angst. Angst davor, mich zu verlieren. Angst davor, zu investieren. Auf Sand zu bauen. Weil wir beide schon längst verloren seien.

Sie könne nicht wissen, ob ich mich wieder verlaufe oder ob ich in meiner Getriebenheit eines Tages ohne sie weiter müsse. Ich könne nicht anders, als mich meinen inneren Wirbelstürmen zu ergeben. Meine Freiheit sei die des Windes. An keine Grenze gebunden. Auf- und absinkend, zwischen kalt und warm, mit hohem und mit tiefem Druck, der mich drängt und dreht. Auf meinem eigenen Rücken reitend. Mich selbst davontragend. Mit meinem Goldenem Vlies nach dem verlorenem Paradies suchend. Frei mit allem Fortdrängendem und doch voller Heimweh.

Ihre Freiheit sei die des Regens. Sie fühle sich an wie angestaute, tief hängende, dunkle Wolken, die schwerer und schwerer werden und nach unten drängen, um sich auszuregnen. Wenn sie dann endlich befreit wie der Regen sei und fallen dürfe, dann spüre sie im Moment des Fluges all das Losgelöste, eine unendliche Leichtigkeit, die aus der Gefangenschaft ihrer dunklen Wolkenschwere ausgebrochen sei. Sie habe Angst davor, dass ich das sehe, was sie eigentlich sei. Dass sie sich nur spüre, wenn sie etwas von ihrer Sicherheit in der Finsternis der Wolken, in denen sie lebe, für einen kurzen Moment hergebe, weil sie dann für eine Weile das Freisein fühle. Dass es ihr beinahe egal gewesen sei, von wem und mit wem sie ging, und dass ich auch so ein Kandidat für sie war. Doch sie habe eines nicht erwartet. Den extremen Moment unserer Umarmung. Wie damit etwas zu ihr heimgekommen sei.

Sie weinte ein bisschen, dann sagte sie, dass sie mich liebe und dass diese Liebe ohne Zukunft sei. Dass sie ihre Umstände habe, von denen ich nichts wisse, und ich die meinen. Dass es niemanden gebe, der ein Leben frei von Hypotheken führe. Wir alle tragen etwas auf unseren Schultern, und nur die wenigsten haben das Glück ihre Last nicht zu spüren. Dass sie das alles nicht könne. Es unmöglich sei. Sich zu lieben, reiche nicht. Wenn man nicht wisse wie, dann verwunde man den anderen.

Ich verstand sie, denn auch ich habe es gespürt. Vielleicht waren wir deshalb bei unserem ersten Mal so gehemmt, weil wir uns unbewusst zu tief erschrocken haben? Und möglicherweise hatte sie recht. Ich dachte an meine letzte Beziehung. Nila. Sie war aus Benin und arbeitete als Check-in-Agent in Heathrow. Anfangs waren wir berauscht, doch irgendwann tranken wir voneinander, ohne betrunken zu sein. Wir waren wie verlorener Wein.

Immer kommt dieser Tag, der einfach verstreicht, und wenn du zurückblickst, dann kannst du ihn nicht benennen. Doch er war da, und du hast ihn nicht bemerkt. Der Tag, an dem ein Kuss aufhört, ein Kuss zu sein, sondern eine Aufmerksamkeit oder ein Gruß wird. Keine bohrende Frage und kein tiefstes Versprechen. Du glaubst an das Schöne und Große und bemerkst nicht die Sepsis, die sich in dir ausbreitet. In der Illusion, alles bekommen zu können, sofern man imstande ist, alles zu geben, liegt meist die bittere Erkenntnis, nichts oder zu selten genug etwas dafür im Tausch zu erhalten. Du bleibst mit weniger zurück, bist gleichsam mit Liebe erfüllt und dennoch entleert. Erwartung verändert die Realität. Zuletzt verspürte ich nur diesen Druck, der auf mir lastete, und ich ging lieber wieder zurück in eine Bar, in der ich in Sicherheit war und mir mit jedem Glas das Gefühl des kurzen Entkommenseins hineinschüttete.

Heute kratzen Erinnerungen an meinem Gewissen, immer dann, wenn ich an Nila denke. Zuerst ist man wahnsinnig verliebt, und am Ende bleibt der immer größer werdende Wahnsinn. Bis nur noch Ketten bleiben und es nichts mehr zu vertrauen gibt. Als es vorbei war, fiel mir nichts anderes ein als ein hilfloses „Vielleicht wird alles viel leichter“, womit ich gar nicht mehr uns, sondern nur mich meinte. Heute schäme ich mich für das alles. Gerne würde ich mich bei Nila entschuldigen. Sie um Verzeihung bitten, dafür dass ich mir selbst wichtiger gewesen bin, dass ich nur von dem zehren will, was glüht und brennt. Mich eher den Schritt fort als den entgegen traue. Nila, liebste, schöne Nila. Liebe entsteht zu oft aus Not, ohne dass man es bemerkt. Abschied tut immer weh. Aber er ist manchmal notwendig. Verzeih mir. Ich umarme dich.

Ich erzählte Elle nichts von Nila. Ich wusste auf all das, was sie mir sagte, keine Antwort. Doch ich spürte die Angst, die mir an die Kehle griff, weil ich schon zu sehr verwickelt war. Bis auf das Thema, das sehr bald einen Entschluss forderte und uns zu unserem Ende führte, war es das letzte Mal, dass wir über unser Inneres sprachen. In unseren Mündern blieb so viel Ungesagtes. Vielleicht weil wir fürchteten, dass das Reden die Kostbarkeit unserer zerbrechlichen Augenblicke beschädigen könnte. Mit Elle schmeckten die Stunden nach Zimt, Zucker und Bittermandel.

Wir saßen noch eine Zeit lang beisammen und stocherten in unseren Tassen, bis es in der Schwüle des Sommers anfing zu regnen. Zuerst ganz leicht, wir ignorierten den kleinen, feinen Niesel, der auf unsere Haut sprühte und uns kühlte, uns etwas Linderung schenkte. Bis das Tröpfeln stärker wurde. Wir gingen rauf in die Wohnung und liebten uns. Zärtlich, behutsam, flüsternd, einander beschützend. Später am Fenster beobachteten wir in uns gekehrt die dicken Tropfen, die von oben auf das Wasser des Kanals fielen, und wie sich das Bild des sich spiegelnden Himmels in konzentrischen Kreisen auf der Oberfläche ausbreitete und brach. Es dauerte eine Weile, als könnten sich die Wolken nicht entscheiden, doch dann zog es zu und plötzlich riss es auf. Die Menschen suchten Schutz in Hauseingängen und warteten den Platzregen ab. Es goss weit und breit, und trotz unserer zärtlichen Nähe fühlte ich die enge Einsamkeit zu zweit. Es war mir, als regnete es graugraue Verlassenheit.

4

Als der August vorüber war, fielen unsere Treffen mit einem Mal aus. Sie kam nicht, und ich suchte nach diesem Schmerz des Versetztseins. Waren wir an dem Punkt angelangt, vor dem ich mich in der Liebe so fürchte? Wenn die Gleichgültigkeit ihren Platz einnehmen will und das Nichts schleichend an die Stelle des Etwas tritt? Es war anders als damals in London mit Nila. Elle und ich waren uns nah, wenn wir beisammen waren, doch wir blieben uns fremd. Kann eine Liebe überleben, wenn man sie vor den Türen des Alltags aussperrt, weil man glaubt, dass sie in ihren wahrhaften Momenten nicht so vorübergehend ist? Ich weiß es nicht.

So ist das mit der Liebe:

Niemand weiß, woher sie kommt und wie sie entsteht.
Sie macht uns so leicht und schwer, wenn sie fehlt oder geht.
Sie ist eine Reisende, ein flüchtiges Gas.
Findet dich. Verliert sich.
So wie ich. Ohne jegliches Maß.

Ich wartete auf sie, und als der Mittag längst verstrichen war, verließ ich die leere Wohnung und bestellte mir im Außenbereich des Lokals unterhalb zwei Cognac. Ich trank sie schnell und die Schärfe des Alkohols trübte meinen Trübsinn, tröstete mich in meiner Trostlosigkeit. Ich winkte der Bedienung und orderte noch zwei Gläser.

Die letzten Turmsegler kreisten hoch über den Dächern und schrien, weil sie vielleicht ihren Weiterflug in den Süden verpasst hatten oder weil sie nicht zur Brutzeit in Afrika auf den Boden zurück, sondern ihre Leben fast ohne Unterbrechung immer weiter und weiter in der Luft verbringen wollten. Nichts von einem kommenden Winter wissend.

Nachdem ich das Café verlassen hatte, ging ich nach Hause und hielt zu Bier, Wein, Cognac oder Calvados in jedem Café, das mir zusagte. Nur bei mir gegenüber, in dem Laden mit der roten Tür, bin ich nicht gewesen. Meine Gedanken drehten sich schneller und schneller, während mir der Schnaps hinter den Augen stand und aus den Ohren herausquoll. Irgendwo bestellte ich ein Steak und Kartoffeln und erbrach es später wieder.

Ich trinke nicht, um die Welt auszublenden. Ich trinke, damit ich sie spüre. War ich verletzt, weil Elle nicht kam? Oder war ich über die Lakonie meiner Gefühle, nein, vielleicht meines ganzen Wesens erschrocken. Habe ich überhaupt Gefühle oder liegen sie nur irgendwo in mir brach? Oder unterdrücke ich sie, um mich zu schützen? Im Rausch kann ich sie aufspüren. Denn unterdrückte Gefühle gehen nicht einfach weg. Sie sind lebendig begraben und fressen von innen deine Eingeweide, bis sie meist in der Nacht durchbrechen. Deshalb trinke ich. Um etwas zu fühlen. Damit die hochprozentige Lösung alle Krusten aufweicht und fortspült und die Unkontrollierbarkeit in mich hineinsickern kann. Gerne würde ich noch mal trinken.

Die Stunden bis zum Morgen waren kurz. Ich dachte wieder und wieder über Elle nach. Da war er wieder. Der Krieg in meinem Kopf. Diese nie endende Schlacht zwischen Sinn und Gefühl. Elle war in allem so unglaublich nah und doch so fern. Längst war ich gefangen und alles trieb mich zu ihr hin. Etwas hatte von mir Besitz ergriffen, und wenn ich in mich hineinhorchte, wollte ich es nicht haben und es gleichzeitig nicht wieder nicht hergeben. Weil mein Herz zu weit für die Nähe war, die ich mir doch insgeheim bei ihr ersehnte, und weil etwas in mir wusste, dass sie mich nicht bei sich ankommen ließ. Wir schliefen miteinander, und wir redeten. Wir waren beisammen, wie man nur beisammen sein konnte. Der Teufel hatte mich am Faden, von dem ich im Stillen hoffte, es wäre der von Ariadne, der mich aus meinen Labyrinthen geleitete. Aber es war Elle, die mich immer tiefer in die Ausweglosigkeit hineinzog. In mir wuchs die Ambivalenz. Einerseits war ich glücklich mit unseren fest ausgemachten Tagen. Boten sie mir Nähe und Abstand gleichzeitig. Anderseits wartete ich auf unseren Mittwoch und konnte jetzt ihr Fehlen nicht ertragen. Liebe ist der Speedball unter den Emotionen. Stimulierend wie Kokain und sedierend wie Heroin. Ich war in der Falle und verfluchte die Schönheit und die Vergänglichkeit allen rauschhaften Glücks.

Kurz bevor der Morgen in der Dämmerung an den Rändern der Nacht herumlungerte, fiel ich endlich in einen tiefen Schlaf. Ich träumte, ich sei einer von den Turmseglern. Frei in der Luft. Die Notwendigkeit des Landens im Nacken. Sie immer weiter aufschiebend und ignorierend, bis ich an einem eisigen Wintertag weit in den Wolken erfror und wie ein Stein vom Himmel fiel.

Am frühen Vormittag wachte ich auf. Regen hatte eingesetzt. Seit Tagen wusch er die Stadt, ohne dass die Luft des Sommers abkühlte. Sie schien mit jedem Guss drückender und drückender zu werden. Das Blut der Menschen aufgesättigt mit Stickstoff.

An Häuserwänden entlangschleichend suchte ich den Weg zurück zum Kanal. Verlief mich. Rief ein Taxi. Ging rauf. Niemand da. Ich verirrte mich und ertrank wie Leander, der Heros Licht nicht mehr sah. Elle war fort. Sie fehlte, und statt auf den nächsten Mittwoch zu warten, fuhr mich nun Boubou jeden Tag in unser Zimmer am Kanal und wartete. Zu ihr ins Passy wollte ich nicht. Was hätte ich diesem Stéphane auch sagen sollen, wenn er denn da gewesen wäre. »Poolboy oder Gärtner«, hatte mir Boubou empfohlen und lachte. Wir kannten uns zwar noch nicht lange, aber als er mir sagte, dass er ab jetzt die Verpflichtung habe, mich zu fahren, weil ich so »nach verloren« aussehe, konnte ich nicht anders. Wollen wir letztendlich nicht alle, dass sich irgendwer um einen kümmert? Und sei es ein junges, algerisches Muskelpaket in Anzug und scharfkantiger Undercut-Frisur. Natürlich bezahlte ich ihn immer. Fluglotsen verdienen nicht schlecht. Ich finde einfach keinen richtigen Bezug zu Geld. Wenn ich gerade welches brauche, habe ich es im Zimmer verlegt oder es steckt in einer Hosentasche. Wie kann Geld einen höheren Stellenwert als das haben, was wir dafür opfern, um es zu bekommen, und wenn wir es dann in unseren Händen halten, nutzen wir es, um unsere Mühen, die wir deswegen aufwenden, erträglich zu machen. Wir tragen die Wurst, nach der wir schnappen, an unseren eigenen Schwänzen. Uns immer weiter und schneller um uns selbst drehend. Nicht merkend, dass wir mit jedem Stück, das wir fassen können, uns selbst auffressen.

Am vierten Tag fand ich auf dem Spiegel eine Nachricht.

»GIBT ES GLÜCK OHNE SCHMERZ?«

Sie war also da gewesen, und sie wusste, dass mich ihre Worte erreichen würden. Ich zerfiel in Zweifel. Führte sie mich vor? Schämte sie sich? Wer war ich für sie? Wer war Elle? Schon ihr Name war nicht greifbar. Ein Palindrom und eine dritte Person Singular. Ich fuhr über ihre Worte auf dem Glas. Betrachtete das Rot ihres Lippenstiftes auf meiner Handfläche und schmeckte daran.

»ICH VERSPRECHE DIR MEINEN HUNGER«, schrieb ich mit dem Lippenstift, den sie auf dem Waschbecken liegen gelassen hatte, über ihren verschmierten Text. Darunter zeichnete ich eine Linie. Sehnsüchte sind immer auf Entzug.

Ich sitze hier in meiner Zelle und mache eine Pause. Es ist nicht so, dass ich unsere Geschichte wie im Rausch hinschreibe. Es ist vielleicht ein bisschen wie im L'Atelier des Lumières. Da, wo wir uns an den Händen hielten und die tausend Eindrücke aus der Welt von Klimt bestaunten. Die Bilder verschwimmen genau wie in den Videos. Das Leuchten, das Gold und das Dunkel sind noch da. Viele Gedanken an Elle sind bereits kalt und verloren, und eines Tages vergesse ich ihren Gang, ihren Geruch und ihr Gesicht. Ich sehe den Staubpartikeln zu, wie sie im Licht der Sonne vor meinem Fenster tanzen. Zeit besitzt nur den kurzen Moment der verglühenden Gegenwart auf ihrer Reise ins Vergessen.

Hier und heute an meinem Tisch, jetzt, wo ich versuche, gegen die sich löschenden Erinnerungen anzuschreiben, brauche ich nach jedem Bild von ihr Erholung oder Ablenkung. Ich stehe auf, gehe zur stählernen Tür, setze mich wieder hin, stehe auf, gehe zum Fenster, drehe eine Zigarette, gehe wieder bis zur Tür, zum Fenster und setze mich wieder hin. Gehe noch mal zur Tür.

Es ist April. Bald ein Jahr danach. Eine Zeit wie eine Ewigkeit. Gestern schien die Sonne und der Tag versprach die Leichtigkeit des anstehenden Sommers. Heute ist es bewölkt, grau, es regnet in Intervallen.

Damals in dem Café, als ich noch einen fünften und auch einen sechsten Cognac trank, verfluchte ich Elle. So wie ich uns heute verfluche. So wie ich mich verfluche. Wir hätten uns anders entscheiden können. Wenn wir nur den Mut dazu gehabt hätten.

Ich lasse mir einen Becher mit Wasser aus dem Hahn volllaufen. Kurz treffe ich meinen Blick im Spiegel und frage mich: Ist es die Schuld oder der Schmerz, den man mit dem Kreuz trägt? Gibt es Schuld ohne Schmerz, so wie Schmerz ja auch ohne Schuld sein kann? Ich schaue in mein Gesicht, und in diesem zufälligen Moment, in dem ich unerwartet und plötzlich mir selbst und der Wahrheit gegenüberstehe, mit nichts an den Füßen und mit nacktem Herzen, müde, kurz nach Gleichgewicht suchend, verliere ich mich für die Sekunde eines schnellen und kalten Stichs. Er, dieser Mann im Spiegel, schaut in meine Augen, die früher einmal groß und warm waren. Früher … Ich denke an früher, an Elle. Und an das, was wir vertan hatten.

Ich will sie mir nicht mehr vor dem Café vorstellen. Da, wo alles begann. Dennoch schaue ich immer noch raus nach ihr. Selbst hier. Ich suche sie in den Schatten auf der grauen Gefängnismauer. Das Geisterhafte an ihr macht mich matt. Ich will die Gedanken an dich in Fetzen reißen. Bleib weg von meinem Fenster, Elle. Komm nicht durch meine Hintertüren und verdirb mit dem Gelb deines Mantels nicht das Blau meiner Träume. Lass mich all das, was von dir in mir ist, auslöschen. Auch wenn du ein Großbrand bist.

Heute weiß ich, dass es nicht die Traurigkeit war, die uns verbunden hat. Sie hat uns zueinander geführt. Es war der Schmerz, den wir brauchten und den wir aneinander fanden. In den Momenten des Schmerzes erhoben wir uns für eine kleine Zeit von der Last des Menschseins. Nur dann, wenn man wie ein Blatt im Wind einer höheren Macht ausgeliefert ist, kann man das Stumpfe und Gestorbene in sich überwinden. Schutzlos, aber frei. Im höchsten Glück und im tiefsten Unglück ist das Empfinden am größten. Dort, an den Extremstellen, steigen wir auf zu Euphorie und fallen in die Katharsis. Wartend auf die nächste Fahrt. Alles dazwischen ist flaches Land. Triste Elegie. Leblos und taub.

Ich frage mich, wie weit man gehen muss, um an den Scheitelpunkten der Empfindsamkeit die Unermesslichkeit zu durchqueren.

Wir waren uns so ähnlich. Wir suchten beide das Leid, weil es nun mal so ist, dass sich die Lust dem Schmerz zuneigt, genau zwei Finger breit, bis kurz vor dem höchsten Punkt. Elle suchte den Schmerz, vielleicht um das Gefühl der Verlorenheit und der Wertlosigkeit zu überwinden. Um sich für einen kurzen Moment zu spüren, um sich gewahr zu werden, dass man sie begehrt, nicht wissend und darauf hinzitternd, wie weit sie ins Unbekannte geführt werden würde.

Ich kann die Mitte nicht ertragen. Die Welt vor den Küsten erscheint mir vor aller Weite der See schnell als Einöde. Was soll ich mit Strömen und Flüssen, wenn ich vom Meer und den Wellen weiß? Deshalb wechsele ich die Städte, ziehe mein Leben an und aus wie ein neues Paar Schuhe. Auch ich bin süchtig nach Schmerz. Nach dieser Lust am Leben, die in der Liebe am gewaltigsten ist. Dann, wenn sie kommt, und ja, auch wenn sie geht. Doch auch der Schmerz holt sich eines Tages seinen Preis für seine Geburt.

Wir hätten den Himmel haben können. Wenn wir nur den Mut dazu gehabt hätten. Es erfordert Mut, wenn sich zwei Menschen wie wir für oder gegen ein Kind entscheiden müssen.

Elle kam nicht mehr in unser Zimmer. Also verließ ich meine Realität, nahm meinen Schlüssel, zog in unsere Wohnung und wartete. Wartete, schwieg und duldete. Ein Adagio aus Warten.

Boubou schaute jeden Tag kurz nach mir. Immer wenn er gerade in der Gegend war. Meist brachte er mir etwas Obst mit. Sein Onkel hatte einen Gemüsestand. Eine ganze Woche harrte ich aus, hoffend sie würde auftauchen, um mir vielleicht noch eine Nachricht auf dem Spiegel zu hinterlassen. Aber es geschah nichts. Hoffnung ist eine verlogene Braut. Hoffnung verlängert alles Leiden, weil man auf etwas wartet, was man nicht hat und vielleicht niemals bekommen wird. Übrig bleibt Enttäuschung, die eigentlich nur aufgeschobene und bittere Wirklichkeit ist.

Am achten Tag, gegen Mittag, bollerte Boubou an die Tür. Er war wie immer fein angezogen, mit frisch getrimmtem Bart, und sein weißes Hemd spannte über seinen Armen und auf der Brust. Elle war nicht da, und ich vermisste sie nicht so, wie ich es wollte, und doch habe ich gelitten. Ich hasste mich für mein Heiß-kalt-Drama. Ich liebte die verbindliche Unverbindlichkeit, die wir hatten, und doch war mir alles gleichzeitig zu wenig und zu viel. In den Augenblicken unseres Beisammenseins gaben wir uns nichts außer uns selbst. Wir liebten uns ohne Ruder und Anker.

Boubou sagte mir, dass wir einfach zu ihr nach Saint Cloud fahren sollten. Zögernd willigte ich ein, ich wollte sie sehen. Ich zog meine Schuhe an, aber er zwang mich zuerst unter die Dusche. Dann fuhren wir zu mir und ich wechselte die Wäsche. Boubou hatte noch eine Tour und versprach, mich gegen Abend abzuholen.

Auf der Fahrt fragte ich ihn, was wir denn sagen sollen, wenn wir an der Tür geläutet haben und ihr Mann wäre da. Ich wusste nicht, wann oder für wie lange er in Singapur oder im Élysée Palast oder sonst wo verweilen würde. Ich wusste nicht, wie egal ihm Elle vielleicht war. Ich wusste eigentlich gar nichts über diesen Stéphane, der eine geheimnisvolle, wunderbare Frau hatte, von der ich auch so gut wie nichts wusste. Manchmal kam sie mir mit all ihren Rätseln wie eine Sphinx vor. In Elle lag etwas Manisches verborgen. Ihr Sprudeln konnte versiegen, als hätte sie in ihren Abgründen eine ebensolche Schleuse wie die am Kanal vor unserem Fenster. Boubou beruhigte mich. Er würde einfach klingeln, seine Fahrerkarte zeigen und sagen, dass der Limousinenservice jetzt bereit sei. Kurz vor acht bogen wir auf die Straße, in der Elles Haus stand. Boubou ermahnte mich, im Auto zu warten, und klingelte an dem sichtundurchlässigen Stahltor. Eine Lampe an der Sprechanlage ging an, aber es tat sich nichts. Er klingelte noch einmal, doch ohne dass etwas geschah, ging das Licht nach einigen Sekunden von selbst wieder aus. Er kam zurück und startete den Wagen und parkte den Mercedes, der hier nicht besonders auffiel, etwas weiter nach der nächsten Ecke. Dann ging er zum Kofferraum und kam mit einer Aktentasche zurück. Ich ahnte, dass ihm das Kriminelle nicht unbekannt war, aber dass er in einer schwarzen Ledertasche Masken, Schraubenzieher und Brecheisen hatte, erstaunte mich dann doch etwas. Als er mich hineinblicken ließ, glaubte ich sogar einen Revolver zu sehen. Doch bevor ich hineingreifen konnte, um mich zu vergewissern, machte er die Tasche wieder zu und drückte mir eine Baumwollmaske mit Augenschlitzen in die Hand.

Wer eine Waffe besitzt, der wird sie irgendwann gebrauchen. Das ist das Problem der Welt. Das sagte ich ihm. Aber Boubou zuckte nur mit den Schultern und meinte: »Zu spät. Schon passiert.« Dann lächelte er und ich stand kurz davor, mir in die Hosen zu machen. Vielleicht war der Gemüsehandel seines Onkels nur für die Geldwäsche oder diente als Umschlagplatz für Diebesgut.

Hier, eine Tüte frisches Obst mit Rolex ohne Papiere, nur mit einigen Tropfen Blut daran.

Macht 5000 Mäuse.

Wir schlichen von hinten an die Villa heran und kamen durch den großen Garten mit der Terrasse, von der aus ich mit Elle über den Bois de Boulogne auf die Spitze des Eifelturms geschaut hatte. Alles war verschlossen und dunkel.

Ich traute Elle nicht, und ich konnte mir ohne große Mühe vorstellen, dass sie sich was angetan hatte. Jedenfalls war ich Boubou, als ich darüber nachdachte, sehr dankbar für seine Initiative. Revolver hin oder her. Als er dann mit einem langen Schraubenzieher beinahe mühelos ein Kellerfenster aufgehebelt hatte, war mir mulmig. Wir stiegen ein, und er verschloss das Fenster wieder. Dann sah ich das Zimmer.

An den Wänden hingen Schlagwerkzeuge. Peitschen, Gerten und andere. Die meisten aus Leder. Von der Decke hingen trapezförmig mehrere Stangen, an denen Haken befestigt waren, und in der Mitte des Raums stand ein Bock, der aussah wie ein Kreuz mit schwarzem Leder gepolstert und mit ebensolchen Haken an den Seiten. In der Ecke befand sich ein großes Bett ohne Kissen mit Spiegeln darüber. Davor ein Stativ. Ich blickte auf den Bock, auf dem ich sie mir kniend festgezurrt vorstellte, und in mir krümmte sich die Wut.

Boubou wollte gerade an einem Schrank die Schubladen aufziehen, aber ich verbot es ihm. Auf dem Sideboard war ein Bildschirm. Ich schaltete ihn ein, drückte die On-Taste auf dem Player und schaute hin. Die Aufnahme schien etwas älter. Ich sah die Lust. Die, die immer größer wurde. Elle war auf dem Bock gefesselt. Stéphane stand hinter ihr mit einer Gerte in der Hand. Er strich mit der Spitze über ihren Rücken bis zu den Schenkeln und wieder hinauf. Dann holte er aus, und die Rute in seiner Hand schnitt mit einem leisen und bestimmenden Pfiff die Luft. Dann traf das Leder ihre Haut. Elle bäumte sich auf und stöhnte … Pause … Wieder streichelte er sie mit seiner Gerte. Dann ein erneuter Schlag …, Pause …, Schlag …

Nach jedem einzelnen Hieb auf ihrer Haut beobachtete ich ihr Gesicht. Der Schmerz kam, als sie die Rute traf. Er brauchte eine halbe Sekunde, bis er die Kammern ihrer Lust betrat, sich dort wandelte, seinen Raum dort griff, ihn füllte und sich eine Druckwelle zurück zu ihrem Schmerz ausbreitete. Zu dem Moment des Schlags. Stéphane stand hinter ihr und gab ihr ihre Zeit, bis der Schauer fast verlaufen war. Dann schlug er wieder. Einen Hauch fester, und die Welle kam erneut und floss zurück. Wieder ein Hieb. Härter. Züge der Anspannung und des Loslassens auf ihrem Gesicht und in ihrem Atem und Stöhnen. Dann reduzierte er die Stärke seiner Schläge, wartete und setzte, ohne den Grat der Gewalt zu verlassen, wieder an. Schlag …, Pause …, Schlag … Ich sah den schwarzen Sog und ihre Lust in ihren Augen und begriff, was sie mit allem meinte und was sie dafür in Kauf nahm. Ich entdeckte etwas, das ich nur schwer verstand. Ich hatte keine Vorstellung davon, was sie wirklich meinte, als sie von der Liebe ganzen Härte sprach. Schließlich wollte sie etwas in der Art auch von mir, wenn sie mich aufforderte, brutal zu sein. Ich war angewidert, dann erregt und zuletzt empfand ich Mitleid, weil ich es nun begriff, was sie meinte, wenn sie davon sprach, dass sie Stéphanes Besitz sei. Ich fragte mich, ob er das Geschenk ihrer Lust annahm oder ob es sein Sadismus war, der ihn beflügelte. Er stand hinter ihr und flüsterte. »Meine Hure, meine kleine süße, dreckige Hure.« Dann legte er die Peitsche zur Seite und trat ganz nah an sie heran. Ich schaltete ab.

Sie tat mir leid. Es waren nicht ihre Begierden. Nicht die Gewalt, die Schmerzen, die Demütigung. Nein, sie tat mir leid, weil irgendwann Unterwerfung, Fügsamkeit und Bestimmung aus diesem Kellerraum den Weg nach oben fanden und sich dort im Alltag einnisteten. Sie tat mir leid, weil ihr Mann die wichtigste Regel missachtete. Er hatte diese

Kellertür offen gelassen und ließ Elle dort oben in ihrem reichen Leben, vermeintlich frei, und mit gefangenem Willen, allein zurück. Sie war nicht imstande, Stéphane zu verlassen.

Niemand sollte irgendwem gehören. Nicht für den Himmel, nicht für die Hölle und nicht für alles dazwischen. Ich kenne die Gipfel, zu denen nur die Wege des Schmerzes führen, und ich weiß auch von der Befreiung durch Aufgabe der Kontrolle. Wir sehen es beim Sport, oder wenn wir uns betrinken. Doch dieses Spiel läuft fast immer und auch jenseits aller Spielwiesen und Kellerräume darauf hinaus: Einer ist der ausgelieferte Besitz des anderen. Herr und Diener. Einer gibt und der andere nimmt. Das Ungleichgewicht der einseitigen Hingabe führt in die finsteren Gewölbe der Einsamkeit und gleichzeitig hinaus in die unendlichen Weiten der Sehnsucht. Wer seine Freiheit herschenkt, wird eines Tages vor dem Trog der selbstlosen, nicht sinnlichen Liebe verhungern. Noch nie hat Agape satt gemacht.

Es braucht zwei Arten von Hingabe, sich gegenseitig nehmen und sich ineinander fallenlassen, um aller Kontrolle wahrhaft zu entfliehen. Gefesselt und gleichzeitig frei. In Sicherheit, sich tragend schwebend, auf einer gemeinsamen Reise zur anderen Seite, die der, der nimmt, nicht kennt und die

die, die gibt, nur kurz alleine betreten darf. Nichts ist tiefer und höher zugleich als Aufgeben und Loslassen zu zweit. Wo es Dominanz gibt, kann keine Liebe sein, denn alle Besitztümer verlieren ihren Glanz, und nur was frei ist, leuchtet. Ich empfand tiefes Mitleid für Elle, obgleich ich sie verstand.

Ich wollte nichts mehr sehen. Boubou drängte ich raus in den Flur. Er hatte auch alles gesehen, aber er sagte nichts, und dafür war ich ihm dankbar. Das Haus war still, nach und nach hatten wir in jedes Zimmer geschaut. Noch von meinen Eindrücken benommen entdeckte ich im Bad einen Plastikmülleimer, in dem sich Schwangerschaftstests stapelten. Zwei oder drei der Tests, alle mit einem blauen Kreuz im Display, lagen daneben auf dem Boden. Ein Golgatha aus kleinen weißen Plastikstäben.

Boubou fand mich auf dem Klo sitzend mit einem dieser Tests in der Hand. Es war alles zu viel für mich. Wie mit einem Schnellauslöser einer Kamera sah ich, wie die roten Striemen auf Elles Haut zu den blauen Kreuzen auf den Tests verschwammen. Schließlich entglitt ich und vor meinem inneren Auge erblickte ich einen drei- oder vierjährigen Jungen. Verloren, ohne Orientierung im Raum. In einem Wald, bald auf einer riesigen Eisfläche ohne Himmel. Dann auf roter Erde im Outback unter brennender Sonne, durstig, auf einer nicht enden wollenden Straße, die wie ein Fließband unter seinen Füßen in die entgegensetzte Richtung rollte, sodass er ging und schließlich rannte und doch nicht vorwärts kam. Ein flirrendes Gewebe bewegte sich auf ihn zu. Rettung. Nicht mehr allein. Doch mit steigender Erwartung nahm die Gestalt Kontur an und tausend größer werdende Hyänen stürmten ihm mit heulenden, wachsenden, immer weiter wachsenden Mäulern entgegen. Er rennt, will fliehen. Schneller, noch schneller, bis er den heißen Atem im Nacken spürt, den Kopf hebt, die Augen aufreißt und mit dem letzten Schritt schwerelos im All auf das Blau der Erde schaut. Dahinter das Schwarz und die Unendlichkeit. Nach kurzer Erlösung Atemnot. Keine Atmosphäre.

Boubou holte mich zurück, bevor ich erstickte. Ich atmete in einen Beutel, den er mir, ohne dass ich es merkte, hingehalten hatte. Dann ging es wieder. Er schob mich nach draußen. Meine Schritte waren schwer und mechanisch wie in Schuhen aus Eisen. Auf der Fahrt presste ich meine Stirn an das kühle Fenster des Autos und beobachtete, wie sich die Regentropfen an der Scheibe vom Wind getrieben suchten, miteinander verschmolzen und sich zu etwas Größerem vereinten. Dann strömten sie unaufhaltsam weiter bis zum Rand, fielen dort herab und landeten im Dunkeln, irgendwo neben einem der fortwährend vorüberziehenden Striche der Straße.

5

Boubou setzte mich bei meiner Wohnung ab und fragte, ob er noch für eine Weile mit raufkommen solle. Er sah mir an, wie angeschlagen ich war. Wie mir die ganze Geschichte mit Elle nicht guttat und mich an mein Limit führte. Es gibt so viele Gelegenheiten, in denen man sich verlaufen kann. Ich kenne sie alle, und die Liebe ist von allen das unwägbarste Gebiet. Vielleicht täte es gut, etwas emotionalen Ballast abzuladen. Ein wenig von Boubous Mitgefühl zu nehmen. Jeder sollte jemanden haben, der für einen da ist, zuhört, eine Idee oder einen Rat hat und vielleicht für einen ein Licht anzündet. Ich lehnte sein Angebot ab. Denn am Ende blutet doch jeder allein.

Oben in meinem Zimmer stand ich vor dem Tisch und schaute mich um. Unordnung. Ein Delirium aus Dreck. Das Geschirr, die leeren Flaschen, Sachen, die ich ausgezogen hatte, der Müll in den Säcken, die sich an den Ecken lösenden Tapeten. Die Risse in der Decke. In der Enge des Raums mit seiner ganzen Unaufgeräumtheit verlor ich mich, wurde kleiner und kleiner, umgeben von den hohen Wänden mit ihrer Aussichtslosigkeit. Dann stieg ich auf den Tisch und versuchte eine andere Perspektive. Letztendlich legte ich mich flach auf den Boden. Ich sah den Staub ganz nah vor meinem Gesicht. Wie er sich dort mit meinen Tränen mischte.

Elle, Elle … Ich sah sie als Mutter eines Kindes. Vielleicht meines Kindes. Sah sie als Sklavin, in hündischer Unterwerfung mit verbundenen Augen, gefesselt, in dem dunklen Spielzimmer ihres Mannes, ihm ihre Kehle darbietend und am Ende aller Leichtigkeit beraubt. Den Sturm herbeischwörend, um den Wind zu fühlen. Sie war meist ernst und verschlossen. Erst jetzt fiel mir das auf. Ja, sie hatte von sich erzählt. Sich mitgeteilt. Mehr als es für eine Sommerliebe nötig gewesen wäre. Genug, um uns aufrichtig nah zu sein. Aber kannte ich ihre wirklichen, verborgenen Geheimnisse? Das, was sie im Kern ausmachte? Tief in einer ihrer Höhlen wohnte das Unglück und wärmte sich an einem schwarzen Feuer, das sich nicht von Luft nährt, sondern alles Licht frisst, um zu brennen. Manchmal hörte sie es in sich heulen, so wie die Wölfe, die in einer ihrer anderen Höhlen hausten.

Ich schluchzte und weinte, während ich auf dem Boden der Tatsachen lag und den Dreck auf den Holzdielen schmeckte. Ich sah die Schwangerschaftstests, ihre Obsession, und sah mich, der immer abhaut, wenn es schwierig wird. Elle hatte in mir ein kleines Licht angezündet, ohne das ich im Dunkeln fror. All das ließ jede Zukunft strudeln.

Das Beste, was du je im Leben tun kannst, ist genau die Person zu finden, die dich exakt für das liebt, was du bist. Liebte ich Elle für das, was sie war? Konnte ich das? Liebte sie mich mit allen meinen Unzulänglichkeiten, meiner verfluchten Ambivalenz, meinem Schreien nach Nähe, meiner Angst davor und all den unbeantworteten Fragen?

Wie viel ist alles? Gibt es genug? Können wir jemals dem Hunger entkommen? Nimmt man das, was man kriegt? Welche Macht hat das Wollen? Wie hoch ist hoch, und wie tief ist das Tief? Wann kommt das Glück, wie groß wird es sein? Welches Gewicht können wir tragen? Was wird sein, und wie fühlt es sich an? Was ist am Ende der Welt?

Wir alle suchen und suchen.
Das Nah und das Fern.
Unser Feuer, den eigenen Stern.

Freisein, das Glück, den Platz in der Welt.
Das Dunkel, Lippen, einen Arm, der uns hält.
Wir suchen, um das Leben zu fassen.
Und doch ist am Ende alles Loslassen.

Ich ging nüchtern ins Bett und bald erlöste mich die Nacht mit ihrer großen Stille. Noch vor Tagesanbruch wachte ich mit einer schmerzenden Morgenlatte auf. Im Bad musste ich mich entscheiden: entweder mit dem Ständer im Stehen treffen oder das Teil im Sitzen mit einer Hand irgendwie am Schüsselrand nach unten drücken. Das eine tut weh, und das andere macht Flecken. Also ließ ich einen harten Strahl in die Badewanne. Dabei dachte ich an Stéphane. Ich stellte mir vor, wie ich ihn mit meinem Wasserwerfer anpisste, bis es ihn auf den Boden warf und ich alles auf ihn unerbittlich niederprasseln ließ. Wie er dem Ausguss unaufhaltsam entgegentrieb und dort im Dunkel versank. Da hast du meinen Kink. Du Drecksau. Dafür, dass du ihre Verletzlichkeit ausgenutzt hast und sie in ihre freiwillige Unfreiheit führen musstest. Wenn du ihr außerhalb deines verfluchten Kellers wenigstens etwas Würde, Selbstachtung, Sicherheit und Fürsorge gegeben hättest, für sie da gewesen wärst, anstatt sie zwischen deinen Geschäftsreisen zu benutzen und mit dem Gefühl der Wertlosigkeit zurückzulassen. Du willst sie nicht. Gib sie mir. Auch wenn sie vielleicht niemals von dir loskommt, ... ich kann sie für uns beide lieben.

Erleichtert kochte ich mir Kaffee, und die Bitterkeit vertrieb die Süße des Jenseits. Ich beschloss, Elle zu vergessen. Ich hatte keine Möglichkeit, sie zu kontaktieren. In unserer Wohnung am Kanal zu warten oder noch mal nach Saint Cloud zu fahren, schien mir sinnlos. Am Fenster stehend drückte ich meine Stirn an die Scheibe, die mich wohltuend kühlte. Ich hoffte auf den Morgen. Der Himmel war dunkel. Nebel stieg aus den Schächten und brach das flackernde Licht der Leuchtreklamen über den Geschäften. Ich überlegte, wieder zur Arbeit zu gehen. Vielleicht in einer anderen Stadt. Ich bildete mir ein, einfach das Vergessen beschließen zu können. Dabei läuft mein Weglaufen hinter mir her. Für eine Weile stand ich noch am Fenster und beobachtete, wie mein warmer Atem die kalte Scheibe beschlug, bis mein Blick nach draußen verschwamm. Der Zeiger der Uhr hatte einen Kreis gedreht und der Himmel zog einen allerersten Streifen aus Goldrosé über das Schwarz der Nacht. Ein Wagen lieferte die Zeitung. Aus der Metro stiegen die ersten Menschen empor.

Als ich zwei Stunden später in unserem Café an einem Tisch direkt mit Blick zur Straße saß, wunderte ich mich über mich selbst. Hatte ich erwartet, dass sie dort, wie an unserem ersten Tag, einfach vorbeikommen würde? Ich folgte meinem Impuls und ging wieder die Treppen zur Toilette nach unten. Nur um nachzusehen. Um sicherzugehen. Vielleicht um etwas zu verstehen. Aber nichts geschah und die Leere überkam mich, bis ich komplett mit nichts geflutet war. Schnell stopfte ich mir eines der Croissants, die auf einem Teller vor mir lagen, in den Mund. Ohne Unterlass dachte ich an Elle. An jemanden unaufhörlich denken zu müssen, ist wie Ertrinken ohne Tod. Ich habe so viele Bilder von ihr in meinem Kopf. Reale und fantastische. Ihr Blick, das Lächeln, ein Zucken, Schweiß, Haut, Geschmack, unser gemeinsames Schweigen. Sie, schwanger. Sie, auf dem Bock in ihrem Keller mit Schlägen auf ihre Haut. Sie, wie sie stöhnte. Und ich hatte ein Bild von mir selbst vor Augen. Ich, wie ich immerzu auf sie wartete. Warten ist die andere Hölle.

Ich sah hinaus und zählte die Laternen am Straßenrand, doch daraus wurde das Bild von den Teststäbchen aus ihrem Bad. Vielleicht war es auch nicht ein Teil von meinem Leben, das in ihr wuchs. Anderseits hatte sie mir von dem unerfüllten Wunsch nach einem Kind mit Stéphane erzählt. Ich wusste nicht, wie es ist, für ein Kind sorgen zu müssen. Nichts über Familien. Nur das, was mir Arbeitskollegen berichtet haben. Es scheint überall auf der Welt gleich zu sein.

Ein Kind zu haben, bedeutet, dass man Ja sagt. Man sagt Ja zu schlaflosen Nächten. Zu fehlenden Feierabenddrinks. Ja zu einem Alltag, der dich erwürgt. Ja zu Sorgen, geregelten Mahlzeiten und absterbendem Sex. Ja zu Samstagseinkäufen, Schulveranstaltungen, ein- und ausgeräumten Spülmaschinen und Kackscheiß mit anderen Eltern. Ja zu Verantwortung und Geduld. Ja zu Beständigkeit und Norm. Ja dazu, in den ersten Jahren Hilflosigkeit aufzuheben, und Ja, um später die Ablehnung zu ertragen. Ein Kind zu haben, bedeutet, dass man dem Leben zustimmt. Egal wie es in Wirklichkeit ist. Dass man fest daran glaubt, dass es wert ist, es zu wiederholen. Egal wie unfertig man selbst ist. Die Entscheidung für ein Kind heißt, mit Konsequenzen zu leben. Kinder können nicht wieder zurückgegeben werden wie Beziehungen, Leasingverträge, Haustiere und Jobs. Kinder zu zeugen, ist säen und zuschauen. So wie dein Kind wächst, siehst du dich selbst verblühen. Und doch? Kann das alles diese Gefühle, die man zuvor nicht einmal ansatzweise kannte, aufwiegen? Gibt es ein tieferes Empfinden von Zuneigung, als wenn man seinem Kind gegenübersteht? Es in seine Arme schließt? Diese Atemlosigkeit vor Sorge und Glück. Kann man es überhaupt überleben, wenn etwas schief geht? Ich bin im Waisenhaus gelandet, weil mein Vater die Konsequenzen seines Lebens tragen musste. Kann ich meinem Selbst ein Kind zumuten? Ein Kind, dessen Existenz in jedem Augenblick von mir abhängig ist?

Ich schaute weiter durch das Fenster zur Straße und sah weder die Autos noch die Menschen. Ich sah mich mit einem Mädchen an der Hand. Es hatte lange dunkle Haare, die zu zwei Zöpfen geflochten waren. In der anderen Hand hielt sie einen gehäkelten, grauen Koalabären. Er hatte einen kleinen Schmerbauch und eine ebenfalls gehäkelte Umhängetasche, in der Eukalyptusvorräte steckten. Während wir an meinem Fenster, hinter dem ich an meinem Tisch saß und den beiden hinterherschaute, vorbeigingen, unterhielten wir uns über etwas, das uns vergnügte. Als wir aus meinem Sichtfeld verschwunden waren und ich darüber nachdachte, wie es ist, wenn man wahnsinnig geworden ist, erkannte ich den großen Mercedes von Boubou. Er stoppte direkt auf der gegenüberliegenden Seite vor meinem Haus. Boubou stieg aus, ging um das Auto und öffnete die hintere Tür für Elle. Sie trug eine dunkle Sonnenbrille, ein graues Kleid unter einer kurzen, schwarzen Lederjacke. Beide liefen zu meinem Haus. Er ist also nochmals zu ihr gefahren und hat sie geholt. Guter Boubou.

Ich rannte nach draußen und dann standen wir da. Jeder auf seiner Straßenseite, wir beide zusammen in einem Vakuum, wie unter einer Glocke aus Glas, in der nichts auf der Welt war als wir. Wir sahen uns für einige seltsame Sekunden an. Plötzlich quietschten Bremsen und die Zeit, die kurz für uns angehalten hatte, lief weiter. Boubou brachte Elle auf die andere Seite zu mir. Er begrüßte mich mit einem Nicken und einem Klaps auf meine Schulter. Dann ließ er uns stehen und wir waren allein. Unbeholfen standen wir da. Sie wusste, dass ich es wusste. Dass ich alles wusste.

Die Metro stieß wieder einen Schwall Menschen nach oben und in der Ferne erkannte ich den grünen Wagen der Müllabfuhr. Elle wollte etwas sagen, doch ich schob sie sanft in das Café zurück an meinen Tisch. Wir bestellten zwei frische Espresso und sahen uns an. Wir schauten uns sehr lange an.

Auf dem Tisch fanden sich unsere Hände und hielten sich, während wir uns suchend betrachteten. Blicke, die sich trafen, ineinander eindrangen und hinabstiegen. Tief, tiefer. Abgrundtief. In ihren Augen schimmerte hinter dem Grün kein leuchtendes rotes Gold mehr, nur das Schwarz ihrer Pupillen zitterte hinter den Tränen, die sich lösten, und es war mir, angekommen tief unten in ihrem Blick, als stünde ich allein und verloren auf der dunklen Seite des Mondes.

Ja, das Leben in Elle sei von mir, da eines mit Stéphane nicht möglich sei. Sie könne das Kind unter keinen Umständen behalten. Ich nickte und sie wusste, dass ich sie verstand, dass sie mir nichts erklären musste. Ich sah die Dankbarkeit in ihrem Gesicht. Zu groß war ihre Abhängigkeit von all dem, was sie war und was sie ausmachte. Egal ob sie vielleicht durch ihren Mann missbraucht wurde oder wie sehr sie mich oder ihn auf eine andere Weise liebte. Wenn zwei Wirklichkeiten aufeinandertreffen, hat eine davon keine Chance, und nur selten entsteht daraus eine neue Wahrheit. Ich war eine Affäre und keine Option. Dabei war es unerheblich, wie nah oder tief ich bei ihr war. Sie hatte es gesagt. Sie sei Stéphanes Besitz und sie könne nicht einfach durch die Stäbe ihres goldenen Käfigs nach draußen treten. Auch, weil ihr Mann bei den Regionalwahlen kandidiere und sie damit mehr in die Öffentlichkeit rücken würde und dann ihre Pflichten auf Veranstaltungen übernehmen müsse. Ich vermied es, dorthin zu schauen, wo die Trennlinie zwischen Wahrheit und Wahrnehmung verläuft.

Dennoch war ich erleichtert darüber, dass sie nicht meine Sicht einforderte, auch wenn sie wohl ähnlich der ihren war. Ich finde, dass in der Abhängigkeit zwischen einer schwangeren Frau und des in ihr heranwachsenden Lebens jede Entscheidung allein bei ihr liegen muss. Dabei geht es nicht um Moral. Denn jeder hat seine ganz eigenen Vorstellungen davon, was moralisch ist, und erst dann, wenn man die eigenen Werte reflektiert, betritt man das Gebiet der Ethik. Welch größere Gelegenheit im Leben gibt es als eine bevorstehende Geburt, um sich zu hinterfragen? Leider ist für viele das Denken zu anstrengend, und deshalb glauben sie lieber. Auf Kosten der Frauen.

Fragen, wie oder wann der Grad einer Beseelung oder des Empfindens bei einem Ungeborenen erreicht ist, ja, darüber kann man endlose Kreise denken, und es gibt sogar Meinungen, dass Kindstötungen noch für eine kurze Zeit nach der Geburt möglich sein sollen. Andere predigen gegen Verhütung und verdammen gleichzeitig und grundsätzlich jeden Abbruch. Fest steht, dass viel Schande, Verbohrtheit und Unfreiheit über diese Diskussionen in das Leben anderer eingeflossen ist. Ich bin für das Menschliche, und das beginnt für mich mit der Geburt. Vorher sollte man menschlich mit diesen unlösbaren Fragen umgehen. Jeder für sich. Denn Ethik hat gegenüber der Moral des Einzelnen einen größeren Nenner. Auch, wenn er nicht für jeden gleich ist. Ich bin für das Menschliche. Für das Gefühl und für den Verstand. Und das alles mit allen Möglichkeiten und Errungenschaften, die wir haben. Das gilt übrigens auch fürs Kükenschreddern, den selbstbestimmten Tod und gewiss auch für einige Komapatienten. Ein solch schwerwiegender Entscheid wird so gut wie nie leichtfertig getroffen. Ich gebe aber gerne zu, dass es eben nicht ethisch ist, wenn eine Frau abtreibt, nur weil sie gerade in Urlaub fahren will. Selbst damit muss eine Gesellschaft leben. Arschlöcher gibt es schließlich überall.

Statt dieser Gedanken wollte ich Elle meine verzweifelte Ambivalenz schildern. Dass ich mich nicht imstande sehe, die Verantwortung zu tragen, und dass ich doch gleichzeitig gerne ein Stück vom Glück mit ihr gehabt hätte. Viele Menschen bekommen Kinder, die Schmierstoff oder Kit für auseinanderreißende Beziehungen sind. Für andere sind sie einfach nur Rettung, Heilung oder gefundenes Glück. Aber fast immer sind Kinder produzierte Liebe. Sie sind der Urgrund des Seins.

Als ich ihr sagte, dass ein Abbruch heute keine allzu große Sache sei, fühlte ich den Druck ihrer Finger in meinen. Wie sie sich festkrallten, so als würden sie über Klippen am Abgrund hängen. Zwei Menschen ohne jegliche Perspektive, die sich an den Händen hielten und ihre Hoffnung jeweils in denen des anderen suchten. Weil ihnen eine Entscheidung in die Hände gelegt worden war, die diese nicht tragen konnten. Es war die fünfzehnte Woche. Damit verschoben sich Realität und Zukunft.

Sie müsse ins Ausland oder einen Arzt finden, der den Abbruch dennoch vornimmt. Jemanden, der nicht fragt. Dann brach es aus ihr heraus und sie weinte und weinte, dabei saß ich ihr hilflos gegenüber und drückte ihre kleinen Fäuste, weil ich nichts Besseres wusste, während sich die Leute im Café nach uns umdrehten.

Es gibt für jede Begebenheit eine unendliche Anzahl von möglichen Folgen. Unsere jeweilige Wahl bestimmt, welche für uns real wird. Doch jenseits des Fassbaren gibt es andere Orte. Wir glauben, dass diese nur in den Köpfen der Menschen liegen. Aber das stimmt nicht. Die Konsequenz ihres Denkens machen sie auch für die wirklich, die vielleicht eine andere Wahl getroffen haben. Alle Möglichkeiten existieren in alternativen Realitäten. Sollte es so sein, und wir würden einen Weg finden? Elle und ich. Woanders. Nicht in Paris. Vielleicht im Süden. Wir könnten unser Kind in unserem Schleusenwärterhaus großziehen und unser Jetzt und das Früher für immer vergessen. Das hatten wir uns doch erträumt, und möglicherweise ist es nun das Schicksal, das es gut mit uns meint, aber nicht ohne uns eine Aufgabe mit auf den Weg zu geben. Vielleicht ist dieses Kind der Kit, die Heilung oder die Rettung, die sich durch die dichte Finsternis zu uns geschlichen hat? Niemand behauptet, dass es einfach ist. Niemand hat je gesagt, dass es so schwer wird.

Elle schnaufte und wischte sich mit einer Serviette die Tränen vom Gesicht; ich sah durch ihre Verzweiflung Liebe und tiefe Bedürftigkeit in ihren Augen. Sie kramte in ihrer Handtasche und legte etwas Geld auf den Tisch. Wir gingen zu mir. Ahnend, dass wir keine Zukunft haben würden. Auch nicht im Süden, an einem Kanal in der Provence oder in der Camargue, wo die Flamingos und die wilden, weißen Pferde leben.

Als wir miteinander schliefen, spürte ich Abschied und Verlust. Dabei hätte ich diese vier Sekunden gerne behalten und für alle Zeiten in ihnen verweilen wollen. In diesem allerersten Moment, als wir in uns drangen, als alles warm wurde und verschwamm. Ein kurzes Luftholen. Oder war es ein Ausatmen? Seufzend. Diese vier Sekunden, in denen wir von allem abgekoppelt waren und nichts mehr wichtig war oder jemals sein würde. Diese zeitlose Zeit, in der ich nicht wusste, was kommt, und den Augenblick festhalten wollte. Nur vier Sekunden. Für immer hätte ich diesen Moment festhalten wollen. Sie presste sich an mich, umschlang fest meinen Hals, ich erinnerte mich an alle vergangene Hitze. Sie fiel über mich her. Fordernd, vorsichtig, sanft. Innehaltend, bewegungslos, ängstlich und zitternd, und dann reißend und fließend. Weit gespreizt erwartete sie mich und ich kam. Mit Wut.

Als das Licht erloschen und alles still war und ich nur noch das Rauschen des Blutes in mir hörte, zog sie sich an und ging durch die Tür. Sie entschwand in eine andere Richtung. Ich fühlte, dass ich ihr nie mehr hinterherblicken würde, und unterdrückte den Drang, ihr nachzulaufen, etwas zu rufen. Alles an Elle war flüchtig. Wenn ich heute an sie denke, war die Zeit mit ihr nichts als Warten und Abschied und die Ungewissheit dazwischen.

Noch lange lag ich in meiner Dunkelheit. Wie nach einem Traum, der mit dem Aufwachen die unmögliche Grenze zur Realität überschritten hatte, wollte ich den vergangenen Moment so lange wie möglich festhalten. Ich starrte auf die Schatten und suchte den Tod hinter den Gespenstern an der Decke und an der Wand. Heimlich fuhr ich mit der Hand durch die Kissen und roch an ihr.

Es war tatsächlich das letzte Mal, dass ich sah, wie Elle ging. Wir kennen das alle. Verstohlene Gedanken werden zu Vorahnung und man fühlt oder sieht Geschehnisse, die sich rational nicht erschließen lassen. Bildete ich mir das Gefühl, dass ich sie nie mehr sehen würde, im Nachhinein nur ein?

Ich muss das Schlusskapitel dieser Geschichte schreiben und ich zögere es hinaus. Ein Drama hat meist fünf Akte und dies ist der letzte. Ich schiebe es so sehr vor mich her. Will es nicht fertigbringen. Ich mache schon wieder Pausen. Stunden um Stunden aus endlosen Pausen. Doch die Zeit drängt. Ich bin niedergeworfen und suche mein Entkommen im

Schlaf. Meine Augen weder offen noch geschlossen. Ich finde keine Ruhe und eine Minute hat tausend Gedanken, sodass mich eine tiefe Mattigkeit in Morpheus' Arme treibt, die mich nicht halten können. Weil mein Herz so unregelmäßig und viel zu schnell schlägt. Dann, irgendwann, fällt der Druck und ich werde endlich müde, bis sich die Gedanken wie ein Spinnennetz in meinem Kopf ausbreiten und mein Pochen wieder schneller, mein Atem immer kürzer wird. In Wolken aus Wahn und Wirklichkeit schlafwache ich am Tag und in der Nacht. Träume flackern wie Polarlichter auf und verschwinden wieder. In meiner Apathie verschwimmen Gedächtnisinhalte, Raum- und Zeitempfinden, und meine Wahrnehmung schwimmt ins Außersinnliche. Ich hoffe, dass es aufhört. Doch nichts geht vorbei, und ich fühle, wie ich damals gefühlt habe. Tage aus Äther.

Also sitze ich hier und frage mich nach dem Wie. Man kann auf unzählige Art und Weise schreiben. Die für mich beste Art ist, das, was man wahrhaftig fühlt, hinzubringen. Direkt und ohne Scham. Mit aller Seltsamkeit und allem Mut. Wenn man ohne Glauben und ohne Mut ist, wird ein leeres Blatt Papier zu Jungfrau, Mutter, Kirche oder Hure. Es ist dir Freund und Gegner, Pflaster, Messer, Spiegel, Tür und Unterschlupf.

Vielleicht ende ich hier mit diesem letzten Satz, der auch von einem, der wahnsinnig wurde, gesprochen wurde. Dann lasse ich es gut sein und ziehe mich zurück. Ich schreibe: »Der Rest ist Schweigen«, und mache das Buch für immer zu.

Ja, ich weiß, dass das nicht geht. Dass ich die Geschichte bis zum Ende erzählen muss, bevor ich zerspringe. Vor die Hunde gehe. Ich muss auf Entzug. Sonst lässt sie mich niemals los. Ich werde immer in ihren Armen gefangen bleiben. Nichts wird mich jemals davon heilen.

Ich schreibe weiter und überlege, ob ich damals nur das geglaubt habe, was ich glauben wollte? War es der Wunsch, dass ich mich mit ihrem Fortgehen wieder in meinem verlorenem Leben einrichten könnte, bevor mir auch das abhandenkäme? Hatte ich vor all dem, das sich nur an einem einzigen Tag in ihrem Keller und in ihrem Bad offenbarte, zu viel Angst und wollte meine Augen lieber verschließen? Vielleicht wollte ich das. Aber es ist unumstößlich sicher, dass ich Elle liebte. Ich liebte sie mit einer Zärtlichkeit bis zu den Tränen, und ich glaube heute ganz fest daran, dass ich mit ihr in den Süden gefahren wäre. Doch nur, wenn sie Ja gesagt hätte. Ich war zu schwach dazu. Vielleicht wäre ich mit Elle in ein neues Leben gesprungen. Barfuß auf Legosteine getreten, anstatt wieder und wieder auf glühenden Kohlen durch unsere Feuer zu rennen. Wir beide suchten doch die Freiheit. Die des Regens oder des Windes. Ist Freiheit nicht gerade das: die Fähigkeit zu neuen Anfängen? Das Vermögen, dem Unvorhergesehenem zu folgen?

Oder bilde ich mir nur ein, dieses neblige Omen hinter ihr gesehen zu haben, als sie die Tür meines Zimmers schloss. Wünsche ich mir jetzt, dass es so war, weil ich die Traurigkeit brauche, die meinen Schmerz, an dem ich hänge, schärft? Was das Verlassen so schwer macht, sind die Erinnerungen, die man nicht hergeben will, und die verlorenen Wünsche, die man einander nicht mehr erfüllt. Momente, die es nie gab, und Momente, die es nie wieder geben wird. Gibt es diese Ahnungen und Visionen jenseits der Reichweite der eigenen Sinne? Wusste ich damals wirklich, dass ich Elle verlieren werde? Wusste ich wirklich, dass ich für sie mein Leben geändert hätte? … Hätte ich das? Ich will daran glauben, und jetzt ist es eine Wahrheit. Meine Wahrheit. Denn mit inneren Stimmen kann man nicht diskutieren.

Konnte ich wissen, wie es kommen würde? Dann wäre ich früher zu ihr gefahren und für sie da gewesen. Egal, ob ihr Mann zu Hause gewesen wäre.

Ich hätte drauf geschissen und sie geholt. Mein Anwalt hat mir verboten, dass ich das sage. Es sei eine Ausnahmesituation und ein Unglück gewesen.

Damals wartete ich auf unseren Mittwoch. Auch wenn sich alles nach Abschied anfühlte, so war nichts ausgesprochen, und ich hoffte. Hoffte auf irgendwas. Hoffte auf einen Urknall, der uns zusammenschmelzen oder auseinanderreißen würde. Aber ich tat nichts, und schon wieder wartete ich auf Elle.

Ja, sie sagte, dass sie das Kind nicht behalten könne. Vielleicht hatte sie doch einen anderen Weg gewählt. In den Nächten malte ich mir aus, wie sie ihre Flucht vorbereitete und bald mit mir in den Süden fahren würde. Tagsüber sah ich sie auf dem schweren Gang zum Abort.

Boubou kam an dem Dienstag bei mir vorbei. Ich bräuchte mir keine Sorgen zu machen. Ein Onkel, der Arzt in Rouen ist, hätte gestern alles geregelt, und Elle sei jetzt zu Hause, um sich auszuruhen. Zuerst durchschlug mich eine elektrische Panik, dann spürte ich die schweren Steine, die von mir abfielen und auf meinen Füßen landeten. Sie hatte ihre Entscheidung gefällt. Auch wenn sie vorher so gut wie ausgesprochen gewesen war, war ich innerhalb einer einzigen Sekunde überrascht, dann erleichtert und zuletzt traurig. Als ich Boubou fragte, was sein Onkel für ein Arzt sei, und er mich aufklärte, dass es sich um einen Hals-Nasen-Ohrenarzt handele, der vor allem jungen Muslima helfe, hielt ich es nicht mehr aus. Ich nahm meine Jacke, ließ Boubou stehen und stürzte raus auf die Straße. Die frische Luft tat mir gut. Ich atmete tief und die Enge in mir weitete sich. Ich wollte zu ihr und lief los. Wie von selbst fand ich den Weg. Direkt und ohne mich zu verlaufen. An der Seine entlang, vorbei an Louvre, Concorde, Trocadéro, weiter in Richtung Bois de Boulogne. Ein giftiger Hauch wehte über gemähtes Gras, das modrig auf den Rasenflächen lag.

Unterwegs sah ich zum ersten Mal die Wahlplakate. Auf einigen stand, dass man für etwas sei. Auf anderen dagegen. Politik ist ein Zirkus mit schlechten Akrobaten, der immer wieder durchs Land zieht. Auch Stéphane begegnete mir mit einem weißen Siegerlächeln. Umringt von Bürgern. Dann nachdenklich, staatstragend. Irgendwann blieb ich vor einem dieser Schilder stehen und betrachtete ihn. Meine Gedanken wurden ätzend giftig und ich spürte, wie es in mir gärte, bis ich vor Wut anfing, auf das Plakat einzutreten. Zuletzt hing es zerfetzt von dem Pfosten der Straßenleuchte herunter. Ich riss und zerrte daran, bis mein Zorn verraucht war und ich das Salz meiner Tränen schmeckte. Ich sank zu Boden und blieb für einen Moment dort sitzen. Dabei dachte ich daran, was Elle mir einmal in einem verlorenem Moment antwortete, als ich von meiner Dunkelheit sprach. Sie sagte:

»Wenn wir gänzlich schwarz wären, dann könnten wir uns nicht sehen. Lass uns ein wenig von unserem Blut geben. In Schwarzdunkelrot bist du am schönsten. Aber pass auf, wenn du von mir trinkst, entfachst du die Gewalt.« Damals verstand ich sie nicht. Heute weiß ich, wie recht sie behalten sollte.

Als ich endlich vor der Villa in Saint Cloud stand und an der Sprechanlage das erste Mal Sturm geklingelt hatte, nahm ich wahr, wie kalt es geworden war. Der Himmel war zugezogen und der Wind kühlte den Schweiß auf meiner Haut so, dass ich fror. Das Licht über der Kamera erlosch und ich drückte erneut. Etwas kürzer, dann besonders lang. Boubou hatte gesagt, dass Elle zu Hause sei, um sich auszuruhen. Warum öffnete sie nicht? War sie vielleicht doch an einem anderen Ort? In unserer Wohnung am Kanal? Hatte ihr Mann etwas mitbekommen und sie ganz woanders hingeschafft, weil er in seinem Wahlkampf steckte und man gerade dort, in diesem Humus seiner rechts-konservativen Ideologie, keine Frau gebrauchen konnte, die illegal in der fünfzehnten Woche bei einem algerischen Arzt in Rouen abgetrieben hatte. Ein letztes Mal drückte ich den Knopf in langen und kurzen Intervallen. Resigniert drehte ich um. Sie war doch an einem anderen Ort. Oder öffnete sie einfach nicht? Ich musste es herausfinden. Also ging ich denselben Weg, den ich nur wenige Tage zuvor mit Boubou genommen hatte. Über den Garten verschaffte ich mir Zugang. Ich schaute durch die Terrassenfenster ins Innere und sah, dass das Licht brannte. Sonst war es ruhig. Nichts tat sich, als ich mit der flachen Hand auf das Fensterglas hämmerte und nach ihr rief. Ich lief um die Ecke zur Kellertreppe. Die Tür dort war verschlossen. An dem Fenster konnte man noch die Marke des Schraubenziehers sehen, den Boubou benutzt hatte, um es aufzuhebeln. Resigniert setzte ich mich auf die Stufen und überlegte, doch klare Gedanken, außer über die Sinnlosigkeit meines Tuns, wollten mir nicht gelingen.

Schließlich ging ich zurück in den Garten und fand in einem kleinen, grünen Gerätehaus einen Spaten, mit dem ich das Fenster brutal aufbrach. Ich stand wieder in dem Studio, das mir unverändert schien. Es interessierte mich nicht. Ich rief nach Elle. Aber es blieb still. Wie zuvor mit Boubou schaute ich in jedes Zimmer. Bis ich im Bad die blutgetränkten Handtücher auf dem Boden sah. Der kleine Mülleimer mit den Schwangerschaftstests stand immer noch genauso da, wie ich ihn zuletzt gesehen hatte. Stéphane war offenbar seit Tagen, oder sogar seit Wochen, nicht mehr zu Hause gewesen, sonst hätte Elle bestimmt alles weggeräumt. Panik packte mich und prügelte auf mich ein. Ich stürmte in ihr Schlafzimmer. Dann sah ich sie. Weiß. Starr.

Sie lag auf dem Rücken. Ihre Augen waren geschlossen, so als würde sie schlafen. Weitere Handtücher neben dem Bett. Ein zu großer Blutfleck zwischen ihren Beinen und auf dem Laken. Paralysiert stand ich da und musste in diesem Moment die Faust in den Mund stecken, während meine Eingeweide krampften und ich stumm schrie. Ich sank auf die Knie und umklammerte ihren Arm. In den Adern meines Halses pochte es bis zur Stirn. Ich betrachtete sie. Das Braun des trockenen Blutes. Ihr Gesicht, das friedlich aussah. Ihren Mund, der nicht mehr lachte, ihre Augen, die nicht mehr sahen, ihre Brust, die nicht mehr bebte, und ich sah ihre Hände, die nichts mehr hielten.

Ich hörte nicht, wie Stéphane ins Haus kam, und ich bemerkte nicht, wie er plötzlich hinter mir stand.

Ich weiß nicht mehr, wie er die Treppe heruntergefallen ist.

Nun ist es schon zehn und ich sehe den Mond hinter den Gitterstäben meines Fensters. Niemand weiß, wie seine dunkle Seite aussieht. Nur die Sonne kennt sie. Nur die Sonne.

Ich hatte eine Sehnsucht. Dunkelrot und schön. Sie drang zu dir, bis sie auf unserer Schussfahrt an den Mauern der Unmöglichkeit zersprang. Mit einer ihrer Scherben, die ich heimlich behielt, schneide ich mich in der Nacht. Gegen den Schmerz. Ich wurde nicht geboren, um dich zu verlieren. Manchmal ist das, was in einem stirbt, ein größerer Tod als der eigene. Noch einmal hole ich Luft und huste diesen angestauten und eisigen Klumpen aus Furcht, Pflicht und Kontrolle aus mir hinaus.

Adieu.

Morgen wollen sie mich verlegen.

Jan Kjærstad

Mr. Woolf

Aus dem Norwegischen von Bernhard Strobel

Eines Tages trifft William Abelson sich mit seinem Vater zum Lunch. William besitzt zwar einen Doktortitel in Physik, doch sein Leben hat einen Riss bekommen, er arbeitet seit mehreren Jahren als Barista in einem trendigen Café. Sein Vater ist der Betreiber des Spielwarenladens »Stjerneplassen Leker«, und William glaubt, es handle sich um ein gewöhnliches Mittagessen, bei dem sein Vater ihm von seinen finanziellen Sorgen berichtet. Doch der Vater hat etwas anderes auf dem Herzen: Elizabeth, Williams Schwester, ist verschwunden. Der Vater glaubt, es könnte ihr etwas zugestoßen sein. Dass sie in Gefahr ist. William erhält den Auftrag, nach Hongkong zu reisen, wo seine Schwester sich aller Wahrscheinlichkeit nach aufhält.

Gebunden mit Schutzumschlag, Lesebändchen
408 Seiten, ISBN: 978-3-99120-008-6
Auch als E-Book erhältlich

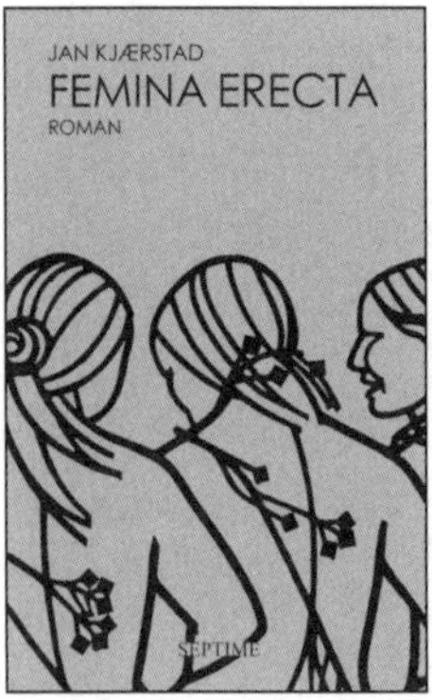

Jan Kjærstad

Femina erecta

Aus dem Norwegischen von Bernhard Strobel

Oslo 1940 – am Vorabend der Deutschen Invasion in Norwegen. Der Beginn einer Familiensaga, deren treibende Kräfte sechs Frauen sind.
Im Mittelpunkt stehen Rita Bohre und ihr Lebenswerk Femina erecta. Es handelt von der aufgerichteten Frau. Von Frauen, die immer aufs Neue aufstehen müssen.

Agnes tritt eine Pilgerreise an. Rita führt Gespräche mit Fridtjof Nansen in seinem Turm in der Villa Polhøgda. Maud segelt auf einem Floß den Kongo-Fluss stromabwärts. Bjørg schreibt Gedichte in der psychiatrischen Klinik Gaustad. Laila arbeitet als Kabinenmädchen auf der MS Bergensfjord. Ingri wird die jüngste Ministerin in der Regierung.

Gebunden mit Schutzumschlag, Lesebändchen
816 Seiten, ISBN: 978-3-902711-92-2
Auch als E-Book erhältlich

José Luís Peixoto
Galveias

Aus dem Portugiesischen von Ilse Dick

In einer eisigen Januarnacht rast ein geheimnisvoller Himmelskörper aus dem Universum zielsicher auf Galveias zu, schlägt mit ohrenbetäubendem Krach am Ortsrand ein und verbreitet von da an einen widerlich beißenden Schwefelgestank, der über allem hängt und in alles eindringt. Die Bewohner des portugiesischen Dorfes werden brutal aus dem Schlaf gerissen, in Angst und Schrecken versetzt. Ohne eine Erklärung für dieses »Ding ohne Namen« zu finden, klagen sie fortan über dieses bittere Ungemach, nehmen es jedoch stoisch hin und widmen sich ihren alltäglichen Streitereien. Doch plötzlich geschieht etwas völlig Unerwartetes, dass die Alltagsquerelen in den Schatten stellt.

Gebunden mit Schutzumschlag, Lesebändchen
312 Seiten, ISBN: 978-3-902711-66-3
Auch als E-Book erhältlich

Salih Jamal
Das perfekte Grau

Ein Mädchen, eine Dame,
ein Flüchtling und ein Tagedieb treffen in einem heruntergekommenen Hotel am Meer aufeinander. Sie sind wie das Hotel renovierungsbedürftig und versuchen ihre Risse zu kaschieren. Auf einer gemeinsamen Reise offenbaren sie sich ihre Geheimnisse. Aus dem gegenseitigen Mitgefühl entsteht Fürsorge und letztendlich Freundschaft.
Eine Sommergeschichte.

»Das perfekte Grau *sucht stürmisch nach dem Weiten, nach realen Möglichkeiten, das rettende Ufer zu erreichen«*
JAN DREES, DEUTSCHLANDFUNK

Gebunden mit Schutzumschlag
240 Seiten, 978-3-99120-001-7
Auch als E-Book erhältlich

Christoph Flarer
Albwachen

Gewöhnlich hält die Erinnerung an einen Albtraum lediglich wenige Sekunden nach dem Erwachen an. Doch nicht so für Thomas, Ende vierzig, der besessen von seinen Träumen ist. Für ihn endet die Illusion nicht, wenn der Schlaf verfliegt. Für Thomas beginnt der eigentliche Albtraum erst. Als Thomas im Alter von vier Jahren davon träumt, dass der Puppe seiner Schwester ein Bein fehlt, schnappt er sich am nächsten Morgen die Puppe und schlägt sie so lange gegen die Wand, bis er nur mehr den Beinstumpen in seiner Hand hält. Der Anfang eines Wahnsinns, der wieder- und wiederkehrt, denn sobald Thomas seine Aufgabe erfüllt hat, kommt ein neuer Traum, der sein Tun bestimmt.

Gebunden mit Schutzumschlag
240 Seiten, ISBN:978-3-99120-006-2
Auch als E-Book erhältlich

Roland Freisitzer
Frey

Von seiner Frau überraschend verlassen, lässt sich Daniel Frey ziellos durch das abendliche Wien treiben. Kurz entschlossen bucht er am nächsten Tag einen Flug nach Tokio. Sein Sitznachbar heißt Daniel Bernhaugen und scheint eine erstaunliche Ähnlichkeit mit Frey zu haben. Bernhaugen überredet Frey, mit ihm weiter nach Nagasaki zu reisen, wo er mit seiner Frau Naoko eine Buchhandlung betreibt. Frey stimmt schnell entschlossen zu, doch bei der Landung in Nagasaki stürzt das Flugzeug ins Meer. Daniel kommt erst Wochen später als nur einer von sieben Überlebenden in einem Krankenhaus zu sich. Er erinnert sich an nichts.

Gebunden
264 Seiten, ISBN: 978-3-99120-005-5
Auch als E-Book erhältlich

Markus Bundi

Die letzte Kolonie

Abenteuerroman, Dystopie und philosophischer Thriller in einem: Markus Bundi erzählt die Geschichte der letzten menschlichen Kolonie, die unter Tage in einem permanenten Dämmerzustand lebt. Doch ein Experiment lässt einige der Unterdrückten aufbegehren … Leserin und Leser finden sich wieder in der futuristischen Vision einer von Kapitalismus, Umweltschäden und Pandemien gezeichneten Menschheit, die sich unter ihren Füßen eine zweite Welt geschaffen hat. Aber was passiert, wenn die Unteren nach oben streben und die Oberen nach unten expandieren wollen?

Gebunden
168 Seiten, ISBN: 978-3-99120-003-1
Auch als E-Book erhältlich

Lydia Steinbacher

Wolgaland

Das Leben in einer wolgadeutschen Kolonie, die Deportation der Familie nach Sibirien in den Vierzigerjahren und die Suche nach einem Ort, der eine neue Heimat werden könnte – all das kennt Alexandr aus eigener Erfahrung und aus den Erzählungen seines Vaters über die Vergangenheit. Tagein, tagaus begleitet ihn die Erinnerung an früher. Doch auch nach der Übersiedlung in die »Urheimat«, aus der einst die Vorfahren ausgewandert waren, fühlt Alexandr, nun schon im fortgeschrittenen Alter, sich fremd und unverstanden. Selbst die Musik, die ihn sein Leben lang begleitet hat, bringt ihm keinen Trost mehr. Als das Gefühl, verfolgt zu werden, immer stärker wird, fasst er einen Plan.

Gebunden
240 Seiten, ISBN: 978-3-99120-009-3
Auch als E-Book erhältlich

www.septime-verlag.at